DÉCHIRER LE GRAND MANTEAU NOIR

ALINE CAUDET

DÉCHIRER LE GRAND MANTEAU NOIR

ÉDITIONS VIVIANE HAMY

D'après une conception graphique de Pierre Dusser
Illustration de couverture © Ralf Nau / Getty Images
EAN : 9782381400365

À tous les enfants qui vivent dans le noir des coups
et de l'indifférence, qu'un rai de lumière transperce
l'obscurité et brise tous les silences.

Première partie

Rattrapée par le passé

Coup de tonnerre

La sonnette retentit. Je sursaute, mon bébé dans les bras. Je ne comprends pas, j'ai pris soin de ne pas donner ma nouvelle adresse. Seuls quelques amis sont au courant. À chaque visite impromptue, j'ai beau me raisonner, une profonde angoisse m'étreint. Pourtant, ce mercredi matin, avec mes trois enfants, la journée a débuté sereinement. La sonnerie se fait à nouveau entendre, insistante. Je pose ma fille dans son lit, elle pleure aussitôt. Je traverse la chambre de mon fils et regarde par la fenêtre. Je les vois immédiatement. Je reconnais leur uniforme bleu marine. Mes jambes flageolent.

– Qu'est-ce qui se passe, maman ? Qui sonne ? interroge ma fille aînée.

C'est la police. J'ai une boule dans la gorge. J'essaie de me rassurer : mes enfants sont auprès de moi. Mon mari ? Nous nous sommes parlé au téléphone tout à l'heure. Alors, tout va bien. Je sais que je n'ai rien fait de mal. Et pourtant, je tremble, mon cœur s'emballe. Ils sont toujours là. Nouvelle injonction. J'ouvre.

Les policiers m'apprennent qu'un huissier cherche à me joindre.

– Vous n'êtes pas dans l'annuaire et, à votre ancienne adresse, le propriétaire n'a pas voulu lui donner vos coordonnées.

– Oui, nous avons fait cette recommandation en insistant sur son importance.

– Alors l'huissier nous a contactés et votre ancien propriétaire nous a finalement indiqué votre adresse.

– Mais nous n'avons pas de problème d'argent, pourquoi un huissier ? Je ne comprends pas.

Ma voix tremble.

Les policiers m'expliquent que les huissiers ne s'occupent pas uniquement de saisir des biens, ils ont de nombreuses autres fonctions, et celui-ci doit me remettre en main propre un document à son étude.

Je dois m'asseoir. Les deux hommes font preuve d'une extrême gentillesse et veillent à ne pas trop me brusquer. Mais je n'arrive pas à me relever. Ils s'approchent des enfants, leur sourient, puis reviennent vers moi.

– Ça va aller, madame ?

J'observe mon fils, ma fille, et vois leurs yeux effrayés, la force me revient. Je me lève.

– Oui, merci.

– Si on peut faire quoi que ce soit pour vous, n'hésitez pas à nous appeler, on viendra.

– Merci, merci beaucoup.

La porte à peine refermée, je téléphone à mon mari Arnaud qui note les coordonnées de l'huissier, puis me rappelle vingt minutes plus tard. Je l'écoute sans dire un mot et raccroche, anéantie. Le manteau noir, ce lourd et grand manteau noir de mon enfance… Ça recommence.

Garfeuil

Je me revois à six ans et j'ai peur. J'ai peur de croiser mon frère dans l'escalier, peur de ses paroles blessantes, peur de mon père qui en rentrant demandera : « Qu'est-ce qu'elle a encore fait ? » Mais j'ai surtout peur de ma mère, de son regard chargé de haine, de colère et de beaucoup d'autres choses qui font que je me sens si sale, si mal, que je voudrais ne plus exister du tout…

Tout a commencé quand nous avons emménagé dans cette maison à la campagne, quelques mois plus tôt. Nous avons quitté Clermont-Ferrand pour le hameau de Garfeuil. Mon père n'a pas toujours travaillé la terre, il a d'abord exercé plusieurs petits boulots en ville. Il a été employé dans une usine de biscuits – il nous en rapportait parfois. Il a aussi travaillé dans un magasin d'électroménager dont il nous parlait souvent. Je vois encore son air radieux quand il nous donnait des autocollants. Mais ce qu'il voulait avant tout, c'était cultiver la terre.

*

Je me souviens de ce jour où mon père nous a dit :

– On quitte la ville et on s'installe à la campagne, j'ai acheté des vergers !

Il affiche un sourire jusqu'aux oreilles, celui des grands jours, des grandes joies. Ma mère ne prononce pas un mot. Partage-t-elle l'enthousiasme de son mari ? Je ne sais pas, mon regard reste fixé sur mon père. Son bonheur irradie. Nous, les enfants, sommes un peu perplexes : partir à la campagne, quitter les copains et notre vie, l'idée ne nous fait pas sauter de joie.

Quelques semaines plus tard, nous partons découvrir notre future maison et ses environs. Après une bonne heure de trajet, nous quittons la nationale pour nous engager sur une toute petite route qui enjambe une rivière aux berges ombragées, je m'émerveille. J'ai l'impression que nous sommes partis à l'autre bout du monde. Tout semble si calme, si paisible. Nous laissons sur notre gauche un château où, plus tard, nous ferons du baby-sitting, ma sœur et moi, puis nous tournons à droite. Trois cents mètres plus loin, un panneau indique : « Métairie la Trigaudelle ».

– Voilà, c'est chez nous ! annonce mon père avec fierté.

La voiture se gare devant une vieille bâtisse. Je vois du gris, beaucoup trop, tout est terne, triste. Pas de volets, pas une fleur, aucune couleur. Je ne détache pas mes yeux de la façade du bâtiment : c'est un long et gros bloc rectangulaire décrépit. Je n'imagine pas que l'on puisse vivre là. Mon frère et ma sœur partagent mon inquiétude.

– C'est vraiment là qu'on va habiter ? interroge Sylvain.

– Oui, répond mon père, enthousiaste. Je vais vous montrer l'intérieur, vous verrez, ça va vous plaire !

Il n'y a pas de porte d'entrée, nous devons pénétrer dans le bâtiment par une cloison coulissante déglinguée. La vision qui s'offre à nous dépasse tout ce qu'on aurait pu concevoir. Nous restons sans voix devant tant de délabrement.

– C'est le garage, dit mon père.

Ça ne ressemble pas plus à un garage qu'à une grange ou à une cave. Par endroits on ne voit plus le sol, jonché de débris de toutes sortes : plâtre d'un côté, vieilles planches de l'autre, morceaux de fils de fer… Tout est recouvert d'une épaisse couche de poussière, si bien que l'on ne distingue plus la nature des objets abandonnés. Mon frère, ma sœur et moi sommes abasourdis.

Mon père, lui, ne s'est pas départi de sa bonne humeur.

– Allez, venez, je vais vous montrer la cuisine !

Nous pénétrons dans une pièce qui ne s'apparente à rien de descriptible.

– Avant, c'était une porcherie ! dit-il en riant.

Tout est vieux, crasseux. Nous poursuivons la visite, ma gorge se serre. Nous tombons sur un escalier sortant de nulle part. C'est là que sera installée la porte d'entrée.

– Et maintenant, les chambres !

Le cœur lourd, je monte les marches avec toute la famille. Sur la gauche, une pièce gigantesque s'offre à nous, sinistre et froide. Je préfère ne pas savoir s'il y avait des lapins ou des poules… Au fond, la lumière filtre par la fenêtre, je m'approche.

– Oui, c'est le sud ici, c'est lumineux, précise mon père. Nous allons couper la pièce en deux, d'un côté ce sera la chambre des filles et de l'autre celle de Sylvain. Je vous laisse choisir.

– Sylvain, tu devrais prendre celle au sud, tu seras mieux ! conseille vivement ma mère.

– D'accord, répond mon frère.

Je regarde le sol parsemé de taches lumineuses qui contrastent avec le noir de ma future chambre, à l'opposé, au nord. Je n'arrive plus à déglutir. Estelle, quatre ans, ne dit rien. Est-ce qu'elle s'en moque ?

– Allez ! On descend et on va pique-niquer dans le garage !

Une bise glaciale s'engouffre par deux grands trous dans le mur. Quelques minutes plus tard, nous nous levons après avoir rapidement avalé notre sandwich. Un cri strident retentit. C'est ma mère. Elle montre son pied : elle a marché sur une planche cloutée et s'est blessée. Mon père l'aide à monter dans la voiture pour l'emmener chez un médecin.

Les voilà partis. Nous restons là tous les trois, seuls, au milieu des vieux débris avec la campagne, immense, autour de nous.

L'huissier

Au téléphone, l'huissier a informé Arnaud que mes parents nous attaquent en justice. Cela fait quelques années que j'ai réussi à couper les ponts avec eux, que j'essaie de vivre et d'oublier l'horreur. Ça recommence.

Après avoir déposé les aînés à l'école et la plus jeune à la crèche et avant d'aller chez l'huissier, je pars à Valence où j'ai rendez-vous avec mon kiné.

– Comment ça va, Lucie ? me demande-t-il.

Je lui raconte la visite des policiers. La séance terminée, le kiné me conseille de prendre le bus. Je préfère marcher. J'avance d'un bon pas et j'essaie de ne pas penser. Au bout d'un long moment, je n'ai toujours pas trouvé la rue que je cherche. Je fais demi-tour et, soudain, une vague de panique m'envahit. Je ne sais plus où aller ni que faire, alors je marche. Bouger mes bras et mes jambes, sentir mes pieds sur le sol, ne jamais m'arrêter pour ne pas flancher. Avec le désespoir comme moteur, je cours presque. Personne ne me traque, mais mon cœur s'emballe. Enfin, je trouve la rue de l'huissier. Nous y voilà. Je regarde la grande porte vitrée donnant accès au hall d'entrée. J'observe encore la façade de l'immeuble puis je commence à faire les cent pas, l'angoisse est à son comble. Faire demi-tour, renoncer, ne plus respirer les miasmes du passé. Ce sont mes parents qui me conduisent ici ce matin, il est question de mes enfants. Alors, la peur au ventre, je sonne et je saisis à pleines mains les poignées dorées. Un clerc me reçoit et me remet une assignation au tribunal.

– Au tribunal ? dis-je avec stupeur, les yeux écarquillés.

– Mais oui, au tribunal !

Je sens presque pointer de la jubilation dans sa voix.

Il sort une liasse de plusieurs feuillets.

Je ne comprends toujours pas ce qui se passe.

– Les grands-parents ont le droit de voir leurs petits-enfants, lâche le clerc d'un air arrogant. J'ai eu votre père deux heures au téléphone, il m'a tout expliqué. Vous ne pouvez pas l'empêcher de voir ses petits-enfants. Vraiment, le faire souffrir comme ça !

Son ton accusateur me révolte. La colère me submerge et j'ai envie de hurler sur cet imbécile. Qu'est-ce qu'il connaît de ma vie, lui, planqué derrière son bureau ? Qui est-il pour me juger ?

Je fais de gros efforts pour rester calme, je ne veux pas m'attirer d'autres ennuis. Avec ce qui se profile, j'en ai déjà bien assez. Je me concentre sur les signatures requises, je fixe les papiers, surtout ne pas regarder cette bouche pleine de morgue.

– Votre mari doit venir chercher son assignation lui-même.

– Il travaille, il ne peut pas se libérer en journée.

– Alors, on la fera porter chez vous.

– Non, notre adresse reste confidentielle.

– Vous ne voulez toujours pas la donner ?

– Mon mari vous rappellera pour trouver une solution.

Je me lève sans attendre qu'il fasse le tour de son bureau pour me raccompagner. Je quitte la pièce précipitamment. L'ascenseur, les poignées dorées, de l'air, vite ! Je reprends ma marche, je vais récupérer ma voiture et rentrer chez moi. Dans ma tête, dans mon corps, c'est un raz-de-marée, ça recommence... Reprendre les armes, se battre, encore... Une décharge d'adrénaline m'envahit à l'idée que je ne suis plus seule. Ensemble, Arnaud et moi, nous vaincrons.

De retour à la maison, je lis l'assignation. Il y est noté que mes parents ont toujours entretenu des relations normales avec moi. Je me raidis. Normales, normales ? Comment se fait-il que je n'avais pas le droit de manger à leur table, alors ? Au fil du texte, les mensonges s'accumulent, s'empilent, c'est grotesque. Nous voilà au tribunal pour protéger nos enfants. Rien que de les imaginer au milieu des horreurs véhiculées par mes parents à mon sujet, je me sens défaillir. J'ai tout enduré, mais ça, je ne le pourrai pas. Non, pas mes enfants. Je connais les conséquences dévastatrices du comportement de mes parents. Je ne les laisserai pas faire : je me battrai jusqu'au bout.

Ils exigent plusieurs choses : un droit de visite une fois par mois dans un lieu neutre pendant six mois, héberger mes enfants quatre jours à Noël puis une semaine l'été. Je ne peux pas le concevoir, pas après les Noëls et les étés que j'ai passés là-bas. Ils veulent aussi téléphoner une fois par mois à leurs petits-enfants. La colère me gagne, brutale. J'essaie de la chasser et j'appelle Arnaud. Je lui dis qu'il doit se débrouiller pour obtenir son assignation sans donner notre adresse.

– Pas de problème, je vais la faire porter au boulot.

– T'es sûr ?

– Oui, je ne vois pas d'autre moyen, ça ira.

– Ils ne doivent surtout pas savoir où nous habitons.

C'est atroce de se dire qu'ils ont trouvé encore le moyen, après toutes ces années, de me pourrir la vie à travers mes enfants.

– Ils n'ont aucune chance, je vais chercher un bon avocat. L'important, c'est la vie qu'on mène ici, maintenant. Le reste, on va le régler, essaie de ne pas t'en préoccuper.

Je sors pour aller chercher Amandine, l'air vif ne parvient pas à chasser mes sombres pensées. Et si on perdait le procès ? Mes enfants seraient obligés de les voir ! Jamais je ne pourrai les laisser seuls avec eux ! Si je m'oppose à une décision de justice, que se passera-t-il ? Avec ma poussette vide, je marche en direction de la crèche, le trajet me semble trop court. Les portes coulissantes s'ouvrent, j'aperçois Farida.

– Ça s'est très bien passé. Un professeur de chant est venu, les enfants ont bien participé, Amandine particulièrement. On voit qu'elle aime la musique et qu'elle a envie de bouger.

À ces mots, je souris.

– Et vous, vous avez bien profité de votre journée ?

Un léger blanc entre nous. Une fraction de seconde j'hésite, puis me ravise.

– Très bien.

– Vous avez pu vous reposer ?

– Pas tout à fait, mais ce n'est pas grave.

– Ah, voilà Amandine.

Mon bébé dans les bras, je me sens soudain le cœur moins lourd, Amandine me sourit et agite les mains, elle me raccroche à la vie, la vraie.

– Allez, on va chercher les grands maintenant !

Une fois que nous sommes rentrés à la maison, je prépare les goûters. Ensuite, il y a parfois un petit moment creux avant l'heure des bains. S'ils ne l'ont pas déjà fait, les enfants me racontent leur journée ou je lis un peu, mais aujourd'hui, je n'y peux rien, le passé ressurgit.

*

Je me souviens de notre arrivée à la campagne et de la violence qui s'est installée dans notre famille. Ma mère a semblé perdue, comme parachutée dans un monde hostile. De nombreuses années s'écoulent avant qu'elle plante une fleur. Déçue du résultat, elle renoncera à égayer les abords de la maison. Il lui faudra encore plus de temps pour avoir l'idée de se promener sur les chemins de terre alentour. Non, ma mère ne s'est pas ouverte à la nature, elle n'a pas été touchée par la beauté du paysage, cette fameuse vue sur le puy de Dôme dont mon père est si fier. Non, ma mère ne s'est pas laissé bercer par le doux murmure du vent dans les arbres ni par les chants vigoureux des oiseaux… Rien ne parviendra à chasser le noir qu'elle va déverser sur notre famille.

Ma mère ne joue pas avec ses enfants, ne leur lit pas d'histoires, ne leur fait pas écouter de musique. Ma mère est coordinatrice de séjours linguistiques, elle travaille à mi-temps. Elle dit qu'elle adore son métier et qu'elle est très appréciée. À la maison, elle lit ou elle crie. Contre son mari ou ses enfants, contre moi surtout.

Depuis notre emménagement, tous les jours vers 19 heures, la tension commence à monter. Ce fameux soir, Estelle, ma sœur cadette, vient me chercher pour le repas. J'occupe ma place habituelle, le plus loin possible de ma mère, entre ma sœur et mon père qui ne devrait plus tarder. Je préfère quand il est là. C'est un rempart contre ma mère. Elle me lance un regard rempli de colère et commence à manger. Je n'ai pas faim, mais il faut s'alimenter pour vivre, alors je mange. J'entends enfin le tracteur de mon père. Il est rentré plus tôt ce soir.

– Ta fille ! Ta fille ! vocifère ma mère, sans raison.

– Qu'est-ce qui se passe ?

– C'est elle, encore elle !

– Mais de qui tu parles ?

– De Lucie, enfin, tu sais bien !

Ma mère, excédée, continue :

– Il faut qu'elle monte dans sa chambre !

Mon père, abasourdi, ne répond rien.

– Maaaarc !!! Qu'est-ce que tu attends ? Fais-la sortir !

Ma mère hurle, mon père reste interdit sur le seuil.

– TOUT DE SUITE !

Je revois ma mère, les yeux exorbités, les veines du cou saillantes, les mains menaçantes. Et j'entends encore mon père, avec sa voix caverneuse qui me frappe en plein cœur :

– Lucie, tu dégages !

Le dernier rempart contre l'irrationalité de ma mère s'effondre.

*

Anna, ma fille, me sort du passé. Elle s'est plantée devant moi, son dessin à la main. J'avais son âge quand tout a commencé.

– Maman, maman, j'arrive pas à faire la tête de mon bonhomme, tu peux m'aider ?

– Bien sûr, je vais t'aider, je suis une pro pour dessiner les visages !

Quand elle voit ma création, elle rit.

– Maman, ils sont bizarres, ces yeux que tu lui as faits, on dirait qu'elle est maquillée !

– Mais ils sont très bien, mes yeux !

– Oui, je vais faire les mêmes pour tous mes autres bonshommes !

Je souris devant son enthousiasme.

Un peu plus tard, la porte d'entrée s'ouvre, Arnaud rentre du travail. Les enfants se précipitent vers lui.

– Papa, papa, aujourd'hui à l'école on a fait de la peinture ! crie Théo, trois ans.

– Et nous du trampoline ! enchaîne Anna.

– C'est formidable, les enfants !

Je me lève pour préparer le repas pendant que Théo joue avec Amandine sur son tapis d'éveil. Il lui montre des peluches et elle rit. Quelques heures plus tard, après les bains, le dîner, l'histoire et les câlins, Arnaud et moi pouvons nous asseoir un peu et discuter.

– Je suis allé voir les commentaires sur des forums au sujet de gens qui ont été assignés au tribunal par leurs parents.

– Et alors ?

– Eh bien, ils disent que si les parents ne lâchent rien, ils obtiennent gain de cause et les grands-parents ne voient pas leurs petits-enfants.

– C'est rassurant.

– Par contre, il faut trouver un bon avocat, c'est vraiment important. Un spécialiste des affaires familiales.

– Et tu penses qu'il y en a dans la région ?

– J'en ai trouvé deux. Tu sais, Lucie, le temps nous est compté puisque à partir de la remise de l'assignation en main propre, le défendeur, c'est-à-dire nous, n'a que quinze jours pour trouver un avocat qui le représentera pour les différentes audiences. J'ai déjà pris rendez-vous vendredi avec une femme et lundi avec un homme.

– D'accord, je trouverai une solution pour faire garder les enfants.

– Parfait, on va regarder un bon film, ça nous changera les idées.

Pendant quelque temps, je ne pense plus à rien, ça fait du bien. On tient le coup, c'est tout ce qui compte pour l'instant.

L'avocat

Je suis angoissée à l'idée de consulter une avocate. C'est la première fois que je vais raconter mon histoire à un tiers. Mes paroles prendront un caractère « officiel ». J'ai peur car j'ai grandi avec ce principe : il est interdit de raconter ce qui se passe à la maison. À présent, c'est différent, je dois parler pour protéger mes enfants.

L'avocate commence par lire l'assignation.

– Alors, vous ne voulez pas que vos enfants voient leurs grands-parents maternels ?

– C'est ça.

– Expliquez-moi pourquoi.

Je raconte par petits morceaux décousus. C'est très éprouvant. Quand j'ai terminé, elle nous regarde, Arnaud et moi, puis déclare, sentencieuse :

– Eh bien, je ne vois pas pourquoi vous vous opposez à leur demande.

Je l'observe. Elle n'a rien compris, je veux partir. Elle continue :

– Et puis, de toute façon, les grands-parents ont des droits, alors…

– Non, la loi a changé, intervient mon mari. On parle des droits de l'enfant maintenant. Il faut arriver à démontrer que dans l'intérêt de l'enfant, il ne doit pas voir ses grands-parents.

– Ah, ça a changé ? Voyons voir ça.

Et la voilà qui consulte le Code civil ! Comment pourrait-elle protéger nos enfants si elle ne connaît pas cet article ? Jamais nous ne lui confierons notre dossier. J'échange un regard entendu avec Arnaud et, quelques minutes plus tard, nous nous levons pour prendre congé. Je suis catastrophée. Les larmes me montent aux yeux, je serre les dents car je ne veux pas pleurer. J'ai tellement pleuré, enfant !

– Ne t'inquiète pas, on trouvera un bon avocat. On n'a pas eu de chance avec elle, c'est tout.

L'aplomb de mon mari me rassure.

Trois jours plus tard, mes angoisses reviennent dans la salle d'attente du deuxième avocat. Je fais des allées et venues dans la petite pièce. Enfin, la porte s'ouvre : un homme grand, aux cheveux poivre et sel plaqués en arrière, nous invite à le suivre.

Nous nous serrons la main, la poigne est énergique, le regard pénétrant. Me Latour nous fait entrer dans son bureau où nous attendent de grands fauteuils qui mériteraient d'être refaits. Au bout de quelques minutes, mon mal de dos revient. Une fois l'assignation lue, il me demande de lui raconter mon histoire.

Je tremble, j'ai froid et je transpire. Mon dos est plus raide que jamais. Je lui décris mon enfance.

– Madame, je dois vous prévenir : il est très difficile d'obtenir une interdiction totale pour les grands-parents de voir leurs petits-enfants. Pour ce faire, il faut des éléments graves.

Il marque une pause, un léger blanc qui me lacère, puis reprend :

– Les éléments graves, on les a.

Je respire à nouveau.

– Par contre, on risque d'avoir des difficultés pour prouver tout ce que vous me dites. Car dans votre histoire, il n'y a pas beaucoup de faits visibles. Vous ne portez pas les traces de la maltraitance.

Je sens comme une boule dans ma gorge.

L'avocat reprend :

– Il me faut des attestations de la famille, les gens doivent parler et raconter ce qu'ils ont vu.

– La plupart du temps, cela se passait quand nous étions seuls à la maison, sans témoin, les visites étaient très rares.

– Réfléchissez et trouvez-moi des faits qui alerteront un juge. En général, dans la famille, les gens se taisent, ils ne veulent pas se brouiller avec leur frère ou sœur.

– Chez moi, c'est déjà fait… Du côté de ma mère, surtout.

– Faites au mieux pour obtenir des attestations, sans cela je ne pourrai pas vous défendre.

– Ne vous inquiétez pas, intervient mon mari, nous ferons le maximum.

– Je compte sur vous. Je vais vous représenter, conclut l'avocat.

La date butoir approche. Voilà c'est officiel, nous allons affronter mes parents au tribunal. Une nouvelle poignée de main vigoureuse, un regard bienveillant et Me Latour nous raccompagne. Une fois dehors, les doutes m'assaillent : les gens vont-ils vraiment parler ? Arnaud, lui, se réjouit que cet homme nous ait compris.

Toujours ce calme olympien et cette assurance chez mon mari qui décuplent mes forces et me redonnent de l'espoir.

Le lendemain, sur le chemin de l'école, je rencontre une amie qui connaît mon histoire. Je lui raconte notre entrevue avec Me Latour et lui explique que nous avons besoin d'attestations de personnes comme la pédiatre, les enseignants, les amis, prouvant que nous sommes de bons parents.

– Je t'en ferai une, pas de souci.

Je la remercie. Je retiens des larmes de rage et d'impuissance : je ne devrais pas avoir à le lui demander. Mes parents sont revenus me chercher et veulent prendre mes enfants en otage. Préparer notre défense. Relire l'assignation. L'énergie qu'ils déploient pour dissimuler la vérité me donne la nausée. Tous ces horribles mots utilisés contre moi me renvoient en enfer.

*

Je me souviens d'un dimanche soir. Je suis dans la salle de bains. Comme d'habitude après mon shampoing, mes cheveux partent dans tous les sens. Ils gonflent, me faisant ressembler à Tina Turner. Je sors de la salle de bains avec l'air d'avoir mis les doigts dans une prise. Mes cheveux m'agacent, c'est vrai. Ma mère, elle, les déteste. Elle ne me laisse jamais en paix, surtout quand je viens de les laver, leur volume l'insupporte. Elle, dont les cheveux sont très fins et très raides et qui a recours à des permanentes chez un coiffeur… Mes cheveux, elle ne veut plus les voir.

Je descends pour dîner. Tous les dimanches soir, nous avons droit à un bol de lait avec des tartines. Ma mère a décrété que c'était plus simple, comme ça il n'y a rien à préparer. Elle ne cuisine que rarement. Nous mangeons soit des haricots en boîte, soit des spaghettis collés qui restent plusieurs jours dans une casserole au frigo…

J'entre dans la cuisine. Si je pouvais raser les murs, je le ferais. Je dois prendre la casserole sur la gazinière au milieu du plan de travail. De la main droite, je saisis le manche. À cet instant précis, une mèche de cheveux sagement coincée derrière mon oreille se rebelle et descend le long de ma joue. J'ai peur. Je sens que ma mère va faire une remarque blessante et menacer de couper tout ça, encore. D'un geste brusque de la main gauche, je replace la mèche derrière mon oreille, mon bras droit vacille et la casserole de lait bouillant se renverse sur ma cuisse. Je crie et monte dans ma chambre. Ma peau devient rouge, je ne sais pas du tout ce qu'il faut faire. Je pleure de douleur et d'impuissance. Et si c'était grave, cette brûlure ? Que dois-je faire pour me soigner ? Ma mère va venir. C'est sûr. Ils ne vont pas continuer à manger leurs tartines en bas, dans la cuisine, comme si rien ne s'était passé… Mes parents vont monter s'occuper de moi. J'existe.

La douleur ne cesse pas, mes pleurs non plus. Le temps passe, deux grosses cloques sont apparues. Je vais me coucher, une douleur dans le ventre bien supérieure à celle de ma cuisse, une douleur dont on ne guérit pas, celle d'être abandonnée.

La brûlure ne disparaîtra pas seule, il me faudra l'aide de Sylvie, une amie plus âgée à qui la mère aide-soignante donnera de l'argent pour m'acheter du tulle gras. La pharmacienne s'étonnera que je ne sois pas venue plus tôt. Des années durant, la cicatrice restera, deux triangles se faisant face. Mais à dix ans, je ne peux me résigner, j'espère toujours que ma mère changera un jour : elle deviendra une maman semblable aux autres. J'ai besoin d'y croire. Comme durant ces fêtes des Mères où la joie me gagne.

C'est un jour spécial pour moi car je prends *tout* mon repas de midi avec ma famille. Pour le dîner, c'est une autre affaire.

Je me rappelle très bien ces fêtes des Mères : l'excitation du vendredi soir, le cadeau dans le cartable à côté de moi dans le car sur le chemin du retour. Mon cœur s'emballe, je ne peux pas résister, je le sors pour le regarder. Je touche délicatement le papier de soie, je joue avec le ruban et je souris. Et si quelque chose changeait cette fois ? J'y crois toujours, chaque année. Pourquoi pas ? Sera-t-elle émue pour de vrai, cette fois ? Me serrera-t-elle dans ses bras parce qu'elle en a envie et pas seulement pour faire bien sur la photo ? Ne plus donner l'image d'une famille normale, mais en être enfin une !

Je cache mon cadeau et j'attends avec impatience le dimanche. Au fond, ce paquet me rend triste. Je sais que je n'ai pas une mère comme les autres. Elle a décidé que je devais vivre dans ma chambre, que là était ma place. Elle ne me parle jamais. Elle hurle des ordres, des reproches, des insultes. Personne ne doit m'approcher, je suis une mauvaise fille. Alors quoi, la fête des Mères ? Je me demande seulement jusqu'à quelle heure elle tiendra sans me reléguer dans ma chambre. Elle me glace avec son regard accusateur, comme si je n'avais pas le droit d'exister. Souvent je me demande pourquoi elle me traite de la sorte : qu'est-ce que j'ai fait ? Peut-être ai-je été adoptée ? Pourtant, tout le monde me dit que je lui ressemble. Peut-être suis-je une enfant illégitime ? Elle me détesterait parce que je lui fais honte ? Mais je ressemble aussi à mon père… L'explication n'est donc pas là.

Mon père, qui semble accepter cette situation, va-t-il enfin réagir ? Que fait-il ?

Il s'occupe de ses terres.

Mon père travaille aux champs comme son père avant lui. Seul garçon au milieu de six sœurs, il s'est investi très tôt dans l'exploitation familiale.

– Un jour, ce sera à toi tout ça, lui a promis mon grand-père d'un geste large qui englobait le monde entier.

Marc, mon père, n'en doute pas, il labourera, sèmera, récoltera du blé, du maïs, du tournesol, sur cette terre devenue sienne. Le temps s'écoule, le fils devient père, les petits boulots s'enchaînent mais cette terre, qu'il chérit tant, ne lui revient toujours pas. Le patriarche ne veut plus voir son fils sur la propriété. Il se débrouille seul ou avec un ouvrier. Marc, lui, travaille à l'usine. Il s'est marié avec une coordinatrice de voyages linguistiques, ils ont trois enfants : Sylvain, Lucie et Estelle. Des années plus tard naîtront Madeleine puis Valentin. La terre lui manque et Marc supporte mal les contraintes liées au salariat : les horaires, les consignes à respecter, les comptes à rendre à un supérieur… Marc veut être son propre chef et vivre de sa passion. Son père ne lui donnera rien, c'est sûr maintenant, c'est à un neveu qu'il va léguer cet héritage.

Pourquoi ? Je ne l'ai jamais su. Chacune de nos visites chez mes grands-parents paternels donnait lieu à de violentes disputes entre mon père et mon grand-père. Jamais ils ne parviendront à s'expliquer ni même à se parler.

Mon père ne se laisse pas abattre, il cherche des parcelles pour cultiver sa propre terre. En achetant des vergers, il pense prendre une revanche sur la vie et se convertit à l'arboriculture. Il apprend à s'occuper des pommiers et des abricotiers. Il les regarde grandir au rythme des saisons.

Les années passant, mon père a de plus en plus de mal à prendre soin de ses arbres. L'enthousiasme du début cède la place à un profond sentiment de malaise, les maladies se propagent dans les vergers, il tarde à les soigner, les récoltes s'en ressentent, les dettes s'accumulent… Sur un coup de tête, il achète d'autres terres à des dizaines de kilomètres et installe d'immenses serres pour protéger ses futurs légumes. Il devient maraîcher. Rapidement, il se rend compte de la rigueur que demande l'entretien d'un grand potager, de plus cette nouvelle activité ne lui plaît pas vraiment… Mon père ne parvient pas à oublier la terre de son enfance, cette terre qu'il ne possédera jamais. Il voudrait la sentir sous ses pieds, la travailler comme il l'a appris, parcourir des kilomètres dans les rangées de jeunes pousses. Il veut labourer, semer et attendre patiemment que le grain germe. Il imagine les sillons, le maïs qui sort de terre et finit par le dépasser, il veut renouer avec sa vraie passion : la culture de céréales. Il ne peut se résoudre à vendre les vergers qui entourent la maison, alors il agrandit encore sa propriété. Les terres prévues pour le maraîchage ne suffisent pas, il lui en faut plus. Endetté jusqu'au cou, il récolte son maïs, son blé, son tournesol, son soja, son sorgho, sur sa terre. En regardant au loin l'étendue de son domaine, un sentiment de puissance l'envahit, l'illusion d'être quelqu'un car il possède. Il prend sa revanche. Il se sent exister.

Mon père ne se consacre pas à l'agriculture comme il le devrait. Bien qu'il passe la majeure partie de son temps sur son tracteur, quelque chose grippe la machine dès le début. Au lieu d'organiser son travail autour des besoins de chaque plante et des contraintes météorologiques, il travaille quand il en a envie, même si des pluies torrentielles sont prévues le lendemain et que les grains seront noyés à coup sûr… Il n'obéit qu'à sa propre volonté, le résultat est catastrophique.

Quelque chose l'empêche d'être complètement disponible pour ses arbres et ses céréales. Mon père passe beaucoup de temps à crier, au téléphone contre sa mère ou ses sœurs ou chez son « connard » de banquier. Il supporte très mal le manque d'argent et, bizarrement, dépense toujours plus… Quand il passe des heures immobile dans un fauteuil à écouter de la musique, l'air complètement absent, ce n'est certainement pas le manque d'argent qui le préoccupe, mais quelque chose de bien plus puissant et bien plus noir, quelque chose qui ne cesse de le ronger.

La situation s'aggrave, les salaires de ma mère ne suffisent plus à éponger les dettes, elle craint de ne plus pouvoir faire de chèques. Elle vit dans l'angoisse et lui continue à dépenser. Tout le confort matériel a été sacrifié pour ses terres et ses voitures neuves… Ma mère a tout accepté. Pour moi, la moins que rien, il n'est même pas resté de quoi acheter un pantalon. Je préfère croire ça, même si je sais très bien que l'argent qu'il restait à ma mère ne m'était pas destiné, qu'on soit pauvres ou riches. Alors il a fallu que moi aussi j'aille travailler dans les champs, non pas par amour de la terre, mais pour m'acheter un jean – incontournable au collège – et acquérir une chaîne hi-fi pour m'évader de ce noir quotidien.

Besoin d'aide

Arnaud vient de rentrer du travail. Nous terminons de faire manger les enfants, puis je leur lis une histoire. Une fois qu'ils sont couchés, nous pouvons parler. Nous décidons de rédiger un mail commun en récapitulant ce qui nous arrive pour obtenir un maximum d'attestations. Assise devant notre ordinateur, je ne me sens pas bien. C'est donc vrai ? Je suis traînée devant les tribunaux ? Je n'arrive toujours pas à y croire. Je reste immobile près de mon mari pendant qu'il écrit. Je suis vidée, mon énergie s'en est allée. Il inscrit en objet : « Besoin d'aide ». Une boule dans ma gorge. J'ai l'impression de faire la manche, c'est affreux. Tout à coup je ne crois plus à rien, je ne veux plus penser, je voudrais vider mon cerveau de ce noir.

– Je l'envoie ?

Quelques jours plus tard, je reçois la première attestation, émanant d'une de mes tantes. Elle m'a écrit dans la foulée. Quelque chose se dénoue, je respire. Je regarde le ciel bleu, les cerisiers en fleur et je me sens bien. On va le gagner, ce procès, Arnaud et l'avocat ont raison !

Me Latour tempère vite ma joie lorsqu'il reçoit l'attestation.

– Madame Craulet, dans ce document, il n'y a pas de faits.

– Alors, il ne sert à rien ?

– Je ne dirais pas ça, mais le juge a besoin de descriptions précises, d'événements marquants.

Enfin me parvient ce qu'il attend : l'attestation d'un ami de mes parents racontant comment ma sœur et moi travaillions dans les champs quand nous étions petites. Des faits, du concret.

*

Je dois avoir neuf ans, mon père m'appelle pour m'emmener aux champs. Ma mère sort de sa chambre : « Lucie, va aider ton père ! » Si je conteste, ce sera pire, elle va crier, mon père aussi et de toute façon je serai obligée d'y aller. Alors je me tais. J'aurais mille fois préféré rester avec mes livres. Le trajet commence dans un silence pesant. Je ne vois pas la beauté du paysage, mon père n'aime pas que je « traîne ». Les trous et les cailloux me ralentissent, par moments je dois courir pour le rattraper. Il est grand et ne se retourne pas. Je finis par apercevoir le tracteur et la remorque remplie de tuyaux. Elle devra être vide ce soir. Je déteste ce travail, ces serpents de plastique sont trop lourds pour moi. Mon père ne voit pas où est le problème. Je dois les empoigner, les mettre sur mon bras gauche puis les serrer avec mon bras droit. Lui les tient fermement et se dirige à l'extrémité du champ. Il avance rapidement, je peine à le suivre. Il faut irriguer le champ. Mon père trouve que je ne vais pas assez vite, il s'énerve et me compare à Estelle, plus jeune mais plus costaude. « Elle arrive à en porter huit à la fois ! Et toi à peine six ! » Je suis petite pour mon âge et maigre, mon père prend d'ailleurs un malin plaisir à m'appeler « Fil-de-Fer », ça le fait rire, moi pas du tout. Il se moque de mon manque d'habileté et me traite d'« empotée ». Mon corps menu fournit de gros efforts et ce n'est jamais assez. Je retiens mes larmes. Je dois continuer seule, mon père a autre chose à faire ailleurs. Il me désigne la remorque pleine au loin et tourne les talons. Je ne sais pas quand il reviendra me chercher. Alors je continue mon travail, mais en prenant mon temps cette fois. Longtemps après, mon père apparaît à nouveau. Les tuyaux sont tous bien alignés à l'autre bout du champ. Sans que j'aie droit à un merci, nous rentrons par le chemin caillouteux, je descends du tracteur devant la maison et marche sur la terre dure qui devient poussière en été. En levant la tête, j'aperçois la chaîne des Puys, magnifique, qui se découpe dans le ciel, mais mon cœur reste lourd. Sous le hangar un peu plus loin, à côté des bottes de paille, la charrue, la herse, le semoir et le rouleau peinent à trouver une place dans le bâtiment devenu trop petit au fil des années. Sans oublier le petit tracteur rouillé qui crache une fumée noire. Le cheval et le chien constituent les deux seuls animaux de la « ferme ». Ma mère déteste ce terme, aucun membre de la famille ne l'emploie. En achetant une ferme sans bétail, mon père nous avait promis monts et merveilles, nous allions habiter une belle maison avec chacun sa chambre. Assez vite, il aménage un grand et beau salon avec cheminée et parquet flottant. Mon père, tellement fier de cette pièce, considère le travail accompli et s'arrête là. Je n'aurai jamais de tapisserie ni de peinture dans ma chambre, juste le vieux plâtre qui s'effrite et tombe par morceaux sur mon lit.

Adolescente à son tour, Estelle réclame sa chambre car je travaille trop tard le soir et je l'empêche de dormir. Deux ans après, elle est créée dans le prolongement de la mienne. Mon père décide de ne pas y installer de radiateur. Le chauffage n'est allumé qu'au minimum, par souci d'économie et parce qu'il ne voit pas l'intérêt d'augmenter la température. Avec la cheminée, il fait bon dans le salon, c'est l'essentiel ! Ce salon dans lequel je n'ai pas le droit d'aller… J'étudie avec une robe de chambre par-dessus mes habits et Estelle dort avec un bonnet et une écharpe au plus fort de l'hiver. L'exposition au nord, les fenêtres aux carreaux fendus et l'absence de volets laissent le froid s'immiscer et transpercer les vêtements chauds.

Un autre souvenir refait surface. J'ai douze ans quand, pour la première fois, je travaille « comme les adultes », mon père m'ayant promis une rétribution. Je pourrai enfin m'acheter un jean et une chaîne hi-fi pour échapper à la noirceur du quotidien quand les livres ne suffisent plus.

Le réveil sonne, il est 6 heures. Je me lève, j'ai la tête qui tourne. Surtout ne pas traîner ! Assise à la table de la cuisine, je regarde les tartines que je viens de beurrer, je ne peux pas manger, j'ai la nausée. Il va falloir que je me force, sinon je ne tiendrai pas. Je m'effondrerai dans les champs et mon père exigera que je rentre à la maison. J'ai besoin de ma chaîne hi-fi, alors j'avale deux tartines et me prépare un casse-croûte. J'enfile bottes et ciré, je suis prête. Je descends le chemin caillouteux qui mène au champ. Les autres journaliers attendent déjà. Chacun prend une rangée de maïs et avance en enlevant les crêtes. Les quinze jours de travail sont monotones et éprouvants. Arrive le moment de la paie : tous les saisonniers perçoivent la leur et s'en vont. J'attends la mienne, mais mon père a déjà tourné les talons et se dirige vers la maison. Je lui emboîte le pas.

– Et moi, alors ?
– Mais de quoi tu parles ?
– Tu m'avais promis !
– Je n'ai plus d'argent, c'est comme ça.

Plusieurs mois plus tard, lorsqu'un fermier viendra lui acheter de la paille, je rappellerai à mon père sa promesse de me payer. Après d'âpres négociations, j'obtiendrai le montant du chèque qui lui a été remis. Bien que cette somme soit largement inférieure à ce que j'aurais dû percevoir, je m'en satisferai. Acheter un jean et une chaîne hi-fi, c'était tout ce qui comptait. Je monterai le volume autant qu'il le faudra pour ne plus entendre les paroles de ma mère, pour laisser à la musique le soin d'occuper toute la place dans ma tête, dans mon corps, pour que plus rien d'autre n'existe.

Tromperie

En vue du prochain rendez-vous avec notre avocat, je consulte le dossier que mes parents ont monté contre moi. À chaque ligne, j'ai envie de crier à l'injustice. Je regarde leurs prétendues attestations, ce ne sont que de simples courriers… Toute disposition inexacte ou mensongère dans une attestation produite en justice est susceptible d'entraîner à l'encontre de son auteur des condamnations civiles ou pénales. Et personne ne leur en a rédigé *stricto sensu*. Un ami de mon père a écrit des banalités sans intérêt qui ne me nuiront pas. Je me demande si mes frères prennent parti pour mes parents, mais non, ni Sylvain ni Valentin ne se sont exprimés. Mes deux sœurs ont prévu de m'envoyer les leurs. Le dossier de mes parents est peu fourni : du vide et des calomnies.

Je commence à me détendre lorsqu'un courrier retient mon attention. Je connais l'auteure, Marie-Catherine Pongier de Bressins, son mari s'occupait du CDI de mon collège, c'est une amie de ma mère. Je suis allée plusieurs fois chez eux pour faire du baby-sitting. Elle a écrit cette lettre sans savoir ce qui se passait réellement chez moi, c'est insupportable ! Il y est mentionné que mes parents se sont toujours bien occupés de leurs cinq enfants et qu'ils leur ont apporté la sécurité tout au long de leur enfance. Ma gorge se noue, je ne peux pas laisser passer ça. Le mot « sécurité » apparaît à plusieurs reprises, comme un leitmotiv. Chez mes parents j'ai été submergée par de nombreuses émotions, mais s'il y a un sentiment que je n'ai jamais éprouvé, c'est bien celui d'être en sécurité. Je suis sidérée de voir jusqu'où ils peuvent aller dans le mensonge.

Je trouve le numéro de Mme Pongier de Bressins. Je n'hésite pas longtemps, je n'attends pas le retour d'Arnaud. Je dois agir vite pour rétablir la vérité. Elle est étonnée de mon appel. Je lui explique que mon mari et moi sommes assignés en justice car mes parents veulent voir leurs petits-enfants contre notre volonté. Toutes nos tentatives pour créer un dialogue sain entre nous sont restées vaines. Mes parents ont continué à avoir une attitude violente. Sans autre solution, nous avons rompu nos relations avec eux. Mme Pongier de Bressins est stupéfaite, mon père lui a assuré qu'il s'agissait d'une médiation et lui a dicté le courrier… Elle comprend sa méprise et veut nous aider. Elle propose de faire une nouvelle attestation en racontant comment elle a été trompée. J'accepte et raccroche. Je suis abasourdie par le fait qu'on puisse se laisser dicter un courrier sans bien comprendre à quoi il sert. Comment est-ce possible ? Elle a fait confiance à mon père, une confiance aveugle. Elle s'est laissé faire et n'a pas pensé qu'il pourrait y avoir des conséquences. En quelques minutes, je l'ai informée de ce qui se passait chez mes parents, sans trop de détails, elle ne veut pas être mêlée à toute cette histoire mais elle tient à réparer son erreur. C'est l'essentiel.

Quelques jours plus tard, nous retournons voir Me Latour. Il est satisfait des nombreuses attestations que nous lui apportons. Ma plus jeune sœur Madeleine a écrit un long témoignage. Il dispose désormais d'arguments solides pour préparer sa plaidoirie. Mais pour moi, ce n'est pas suffisant, il manque le récit d'Estelle, elle seule peut décrire mon enfer d'alors. Me Latour m'encourage à l'informer de l'importance de son témoignage. Estelle l'a compris, mais elle ne peut pas, pour l'instant c'est trop dur. Elle m'a demandé de patienter, elle l'écrira le moment venu.

*

Lorsque nous étions petites, ma mère nous demandait de jouer dehors. Faute de jeux, nous nous amusions dans la terre, cela ne nous dérangeait pas. J'ai eu des moments heureux à jouer dans les cailloux avec Estelle. Ma mère, pendant ce temps, lisait, loin de nous. Puis peu à peu, elle s'est mise à ne plus du tout supporter ma présence. Je n'ai plus eu le « droit » d'être dans son champ de vision, même à bonne distance. Mes quatre murs gris sont devenus mon unique refuge. Ma mère crée alors une tension permanente et invivable entre nous deux. Dans la maison, elle me demande de quitter la pièce où elle se trouve comme si j'avais commis un acte abominable.

Tous les soirs vers 19 heures, la même angoisse m'envahit. Je peine à me concentrer sur mes livres et mes leçons. Je fais de gros efforts pour ne pas regarder ma montre toutes les cinq minutes et je récite dans ma tête les dates de ma leçon d'histoire de CM2. J'ai besoin de retenir tous les petits détails du cours, j'y passe un temps infini, ça me sauve. Cette masse de connaissances repousse mes angoisses. Mais quand l'heure arrive, rien ne peut arrêter le déferlement, aucun barrage ne saurait stopper la peur qui m'étreint. Qu'est-ce que je dois faire ? Qu'attend-elle de moi ? Que faire pour que je puisse manger à table avec tout le monde ?

Je fais les cent pas dans ma chambre, une boule à l'estomac. Je ne peux pas rester là, renoncer sans avoir essayé quelque chose. Ma mère répète inlassablement qu'il faut l'aider et c'est ce que je fais tous les jours, pourtant ça ne va jamais. Je veux comprendre son attitude, alors je sors de ma chambre et je vais au front.

Devant la porte, j'hésite, je l'entends dans la cuisine. Immobile, j'attends. Je n'arrive plus à prononcer « maman », je dis « on » quand je parle d'elle à mon père et ça le met en colère. « C'est ta mère ! Tu ne l'appelles pas "on" ! » Même si mon père devient blanc de rage, mon corps se refuse à formuler ce mot qui ne peut définir ma mère. Pour lui parler, je ne dis « maman » que quand j'ai besoin du chèque de la cantine. Je chuchote. J'ai l'impression de demander la lune. Dans ces moments-là aussi, je reste longtemps plantée devant la porte, je n'arrive pas à me décider à entrer, pourtant il le faut. Seul mon nom est resté toute l'année de CM2 sur le grand tableau des retards de paiement de la cantine, telle une tache indélébile.

– Un jour, tu ne mangeras pas ! conclut le maître après m'avoir fait un sermon de plusieurs minutes.

Comme si j'y pouvais quelque chose ! Comme si c'était ma faute et que je méritais d'être punie ! Cette phrase, il ne l'a prononcée qu'une fois, j'ai tremblé, mais au fond je n'y ai pas cru, je n'ai pas imaginé qu'à l'école on puisse me mettre de côté et m'interdire de manger. En revanche, quand ma mère m'a menacée de me mettre au pain sec et à l'eau, je n'ai pas douté une seconde qu'elle en soit capable.

Devant la porte de la cuisine, je ne réfléchis plus, j'entre. Tout de suite, l'air se charge d'électricité, ma mère sort les griffes : un regard noir, des gestes brusques… Elle ne parle pas, elle fulmine. Je n'ai pas le choix, je reste et mets le couvert. Il faudra qu'elle trouve une autre raison pour me renvoyer dans ma chambre immédiatement. Peut-être aurai-je le temps de goûter au plat principal ? Je respire mal, ma mère bout, elle fait s'entrechoquer les casseroles. J'ai peur. Je préférerais presque qu'elle crie. Mais elle ne peut rien me reprocher. Elle s'en va, sans un mot, en claquant la porte. Je ne suis pas soulagée pour autant, la tension continue de raidir tous mes membres. Le couvert est presque mis, il manque l'eau ! Je me dépêche, il faut partir vite maintenant. Tous les jours c'est pareil, je dois préparer la table puis regagner ma chambre en attendant le bon moment pour venir manger, quand ma mère l'a décidé. Sauf qu'elle commence le repas sans jamais m'appeler.

J'entends des bruits dans la cuisine. Mon Dieu, déjà le choc des couverts qui raclent les assiettes ! Va-t-elle me dire que je descends trop tard et que je peux remonter directement ? C'est déjà arrivé. Alors, avant chaque repas, je reste aux aguets, les nerfs en pelote, la respiration suspendue. Aujourd'hui j'ai trop attendu : ma mère crie, hurle déjà, les veines de son cou sont saillantes, ses yeux exorbités, une main crispée sur sa fourchette, l'autre tenant sa tête. Elle semble souffrir atrocement et décharge sur moi ce mal qui la ronge. Tendue comme un arc, je m'assois à côté d'Estelle qui n'en mène pas large non plus. Elle se tourne vers notre mère et la supplie :

– Maman, arrête, laisse-la !

Les yeux remplis de haine, sa réponse fuse :

– Comment ça, c'est moi qui dois arrêter ?

Silence de mort. Personne n'intervient, pas même mon père, il laisse faire depuis qu'elle lui a fait du chantage quelques années auparavant en le menaçant de le quitter s'il continuait à prendre ma défense… La situation n'a pas l'air de le déranger. Ma mère ne décolère pas, elle s'agite sur sa chaise et vocifère :

– Eh bien, alors, Marc, tu ne fais rien ?

Mon père attend, la pression monte encore, tout le monde sait comment ça va se terminer : je vais être exclue de la pièce. On se demande juste quand.

– Y en a marre ! crie Sylvain.

– Marc, dis-lui, à elle ! beugle ma mère.

– Lucie, tu sors !

Voilà, mon père a réglé le problème, je dégage, l'estomac presque vide. J'ai réussi à avaler quelques nouilles sans m'étrangler, le yaourt attendra 22 heures, quand la cuisine sera libre. Si j'ai faim ? Certainement pas, mais j'ai compris qu'il faut manger quand on vous y autorise, c'est tout.

La vie à la campagne

C'est mercredi. Avec mes enfants, nous allons nous promener et prendre le temps d'observer la nature. Depuis leur naissance, j'ai pris cette habitude. Il fait un peu frais, mais on se sent bien tous les quatre à marcher sous le soleil. La balade commence par dix minutes dans des rues tranquilles, puis c'est la campagne à perte de vue avec les montagnes au loin. Les beaux paysages intéressent Anna, Théo préfère jouer avec des bâtons et des cailloux, Amandine gazouille dans sa poussette. Nous nous émerveillons ensemble devant les coccinelles, les aubépines, les boutons d'or… Théo construit des barrages pour détourner les rigoles formées par les pluies de la veille. Anna fabrique un bateau avec un bout de bois et une feuille. Amandine essaie de discuter avec les chevaux dans le pré. Nous restons longtemps. Ici je découvre la beauté de la nature. J'ai pourtant grandi dans un cadre qui aurait pu être idyllique. Au loin, l'agriculteur sur son tracteur me rappelle mon père : le poids du huis clos familial me revient.

*

Tôt le matin, j'entends le tracteur démarrer. Il passe devant les vergers puis s'arrête à hauteur des champs de céréales.

À deux kilomètres, au bout d'un chemin caillouteux, habite Vincent, un de mes camarades de classe. Nous sommes allés une fois chez lui peu après notre arrivée. Et puis plus rien. Ma mère a jugé les parents de Vincent « pas assez bien » pour nous. Depuis notre emménagement à la Trigaudelle, elle nous rabâche sans cesse que nous ne faisons pas partie du même « milieu » que tous ces gens de la campagne. Elle préfère dire que son mari est « exploitant agricole », certainement pas « paysan ». Ma mère, fille d'agriculteur aristocrate, ne montre de la fierté que pour cette particule qu'elle a perdue en se mariant. « J'ai du sang bleu dans les veines ! Vous voyez bien qu'on n'est pas comme tous ces ploucs ! » C'est ainsi qu'elle désigne les gens du village. Avec effarement et révolte, j'ai dû écouter plusieurs fois cette phrase sans rien dire jusqu'à ce qu'un cours d'éducation civique, en sixième, me donne enfin les arguments pour la contredire : « *Les hommes naissent et demeurent libres et égaux en droits.* » Ce jour-là, dans la voiture, ma mère n'a rien voulu entendre et a mis fin à la discussion. Mes mots se sont brisés contre les vitres, impuissants. Si les mots sont ma seule arme, mon alliée, c'est Estelle, ma sœur cadette, si différente de moi.

Elle a besoin de fouler la terre, de s'occuper du cheval, de charger et décharger les brouettes de fumier, de sentir les cailloux rouler sous ses pieds... Le vent et le soleil tannent sa peau, il faut que la vie lui fouette le visage, les bras, les jambes, pour qu'elle continue d'avancer. Ma sœur bénéficie d'une morphologie d'athlète et s'en sert au quotidien. Elle court ou marche d'un pas vif. Elle fait du cheval et travaille dans les champs. Sa peau mate toute l'année contraste avec le vert de ses yeux et le blond de ses cheveux. Toujours en mouvement, le corps d'Estelle lui sert de moteur dans la vie, il l'emmène ailleurs, lui fait oublier la maison. Dans la cour de la ferme, ma sœur n'est pas vraiment là pour aider mon père, elle nourrit son corps d'efforts et trouve une raison de vivre. Tous les matins, elle se lève avec l'envie et l'espoir que ce noir qui nous enveloppe se dissipe. Le dur labeur imposé par mon père la sauve. Les livres et l'école me sauvent, moi. Ils me sortent de ma prison, empêchent la sclérose de mon esprit.

Estelle fait de courtes apparitions dans ma chambre pour rejoindre la sienne en enfilade et ressort aussitôt. Un gilet à enfiler ou des chaussures à changer pour sortir le cheval.

Ma sœur ne se fait aucune illusion sur l'avenir, elle s'accommode du présent. Un jour, alors qu'elle attend le car avec sa copine Amélie, celle-ci lui demande ce qu'elle rêve d'avoir.

– Rien, rien du tout.

– Mais pourquoi ? Moi, je voudrais bien une mobylette ou un scooter.

– Non, moi, rien du tout, ça sert à rien les rêves, tout ça n'arrivera jamais, alors vaut mieux pas espérer !

Le visage d'Amélie trahit l'incompréhension, la conversation s'arrête là. Elle sait bien qu'Estelle ne parle pas, elle agit. À l'inverse, j'ai besoin de rêver pour exister, de penser à une autre vie, plus tard, avec un mari et des enfants.

Je me revois à douze ans. Je dois marcher pour redresser mon dos. L'infirmière du collège a noté sur mon carnet de santé : « Bascule du bassin à surveiller », ma mère se sent obligée de m'emmener consulter. Ma dernière visite chez notre médecin de famille, qui est aussi un ami de mes parents, remonte à bien des années.

– Eh bien, finalement, elle va être grande puisqu'elle fait déjà un mètre cinquante-cinq à son âge !

Le médecin s'est adressé à ma mère et lui a souri. Il a parlé de moi à la troisième personne, comme si je n'étais pas présente.

– Pour son dos, un peu de marche en se tenant bien droite réglera le problème.

Ce n'est pas à lui que je peux raconter comment je suis traitée à la maison. Après la consultation, je n'ai plus jamais grandi. Comme si je ne pouvais pas devenir adulte sans avoir eu de mère ; comme s'il aurait fallu d'abord qu'on accepte l'enfant que j'étais pour que je puisse ensuite passer à un autre état.

À la suite de ce rendez-vous, ma mère exige que j'aille avec Estelle amener le cheval au pré. Quand elle me donne des ordres, c'est en général pour me punir parce que j'ai fait quelque chose qui a désorganisé son château de cartes intérieur. Son château de cartes, personne ne peut le comprendre. Il ne repose ni sur des valeurs ni sur des convictions mûrement réfléchies, mais plutôt sur une sorte de chaos qu'elle parvient avec brio à endiguer à l'extérieur de la maison. Je me persuade que cette fois, c'est pour mon bien. Le docteur l'a dit.

Estelle tient le cheval par son licol, nous passons derrière la maison pour prendre le petit chemin de terre qui conduit au pré. Nous marchons un kilomètre. Ma sœur rigole de ma posture exagérément raide. À la fin de la consultation, le médecin avait ajouté : « Elle n'aura qu'à marcher comme si elle portait un livre sur la tête ! »

– C’est complètement ridicule, enfin ! T’es pas sérieuse ? Tu vas pas marcher comme ça jusqu’au bout ? s’esclaffe Estelle.

– Ben si.

– Je suis sûre que marcher comme un robot, c’est pas bon du tout !

Je ne me suis jamais sentie bien pendant ces petites promenades forcées, je n’en ai par conséquent retiré aucun bénéfice et j’ai fini par arrêter. Mon histoire de dos n’intéressait pas vraiment ma mère. Après ce matin-là, elle ne m’en a plus jamais parlé. J’aurais pu trouver du réconfort dans la beauté du paysage : ces kilomètres de petits chemins avec vue sur les montagnes auraient pu me réchauffer le cœur, le calme de la nature aurait pu m’apaiser, j’aurais pu apprendre à respirer. Mais j’avais besoin de mots, alors j’ai repris mon souffle dans les livres.

À l’inverse, Estelle observe le paysage et se ressource. Toute cette nature face à elle, géographiquement à l’opposé des champs de mon père, devient son havre de paix.

Depuis cette année de cinquième, j’ai mes règles et chaque mois des douleurs atroces m’empêchent de dormir, je pleure dans mon lit. J’ai demandé de l’aide à ma mère, des cachets pour me soulager, mais elle m’ignore. Un samedi matin, je retourne voir l’infirmière qui m’a déjà donné des médicaments. Avec elle, je me sens en sécurité. J’ai hésité à lui parler de mon quotidien puis me suis ravisée. Le samedi suivant, je suis prise d'un malaise et me rends de nouveau à l'infirmerie. J'ai envie de dire que je dors très peu et que je vis dans la peur, de dire que ma mère ne veut pas que je sorte de ma chambre… Mais les mots restent bloqués au plus profond de moi.

Si j'explique comment je suis traitée à la maison, mes parents, furieux, se retourneront contre moi. J'imagine bien la dame des services sociaux venir avec sa mallette remplie de dossiers, sortir une feuille, un stylo, et poser des questions à mes parents. J'imagine leurs réponses, transpirantes de mensonges. La dame cocherait des cases et repartirait en leur faisant un gentil sourire, elle s'excuserait de les avoir dérangés. Ou alors elle insisterait, elle serait surprise de leurs réponses et peut-être que… De toute façon elle repartirait, me laissant seule avec mes parents fous furieux. On n'enlève pas comme ça un enfant à sa famille. Je ne sais pas jusqu'où peuvent aller les représailles si je brave cet interdit : rien de ce qui se passe à la maison ne doit sortir du strict cadre familial. Ma mère n'a pas besoin de le formuler, nous le savons. En public, elle parvient à masquer son aversion pour moi. Comment m'en sortir ?

Deux ans plus tard, j'ai de nouveau renoncé à alerter l'infirmière. Je revois Estelle entrer dans la cuisine. Effarée, elle nous surprend ma mère et moi, courant autour de la table. Ma mère vocifère en tendant les bras, elle veut m'attraper, mais cette fois je ne me laisse pas faire. On pourrait croire qu'on joue au chat et à la souris, mais les hurlements de ma mère et ma détresse ne font pas rire Estelle. Elle la supplie de me laisser tranquille. Ma mère ne renonce pas, elle se moque éperdument de tout ce que peut dire ma sœur et de tout ce que je peux ressentir. Je vais et viens autour de la table. Elle s'arrête, me jette des regards haineux et repart en courant. Estelle continue à la supplier. Ma mère, dans un élan sauvage, me saisit par les cheveux et me tire hors de la cuisine. Je hurle de douleur : « Lâche-moi, lâche-moi ! » Au pied de l'escalier, elle me foudroie du regard et desserre sa main. « Tu montes, maintenant ! » La douleur toujours vivace et la mort dans l'âme, j'obéis.

Assise sur un tabouret dans la salle de bains, résignée, mais pas soumise, j'attends mon supplice. Je comprends qu'à partir d'aujourd'hui tout sera plus violent. Elle a des yeux meurtriers, elle veut me faire payer mon affront. J'ai osé la défier. Elle empoigne mes mèches de cheveux et tire dessus, penche ma tête brusquement sur le côté, je serre les dents, mon visage se crispe de douleur et de désespoir. Elle coupe, coupe et coupe encore avec des gestes enragés. « L'autre côté ! » Sa voix comme un couperet me vrille la tête. Elle tire mes cheveux plus fort encore, comme si elle ne m'avait pas fait assez mal. Les coups de ciseaux résonnent par milliers à mes oreilles. « Voyons voir si c'est pareil des deux côtés ! siffle-t-elle. Non, ce côté-là n'est pas assez court ! » Et elle coupe encore, mon souffle s'est figé, je ne sens plus mon dos. Je ne sens plus rien. Elle est en train de me défigurer. Satisfaite, elle contemple son œuvre, un rictus sur les lèvres. Sans un mot, elle tourne les talons. Je me lève et me regarde dans le miroir : une décharge électrique me secoue. Une déferlante de honte, de rage et de désespoir me submerge. Ce que je vois dans la glace dépasse ce que j'aurais pu imaginer. Je ne ressemble plus à rien. Ce n'est pas une coupe de cheveux, mais un carnage. Tout est sens dessus dessous. Devant, derrière, sur les côtés, ce n'est que saccage. Les larmes coulent, les sanglots me secouent. C'est dimanche soir. Je vais me coucher. Toute la nuit je vais plaquer sur l'oreiller le peu de cheveux qu'il me reste pour les empêcher de friser et d'être plus courts encore. Je m'applique pour dormir du côté gauche puis du droit ; naïvement, j'espère encore sauver mon apparence.

Le lendemain matin, pendant le cours de technologie, les garçons derrière moi ricanent, je fais la sourde oreille. Peine perdue, ils m'appellent : « Lucie, hé, Lucie ! » Je n'en peux plus de les entendre, je veux que ça s'arrête alors je me retourne, ils s'esclaffent :

– Hé, c'est le boucher qui t'a coupé les cheveux ou quoi ?

Toute la classe rit. Rouge de honte, je reste muette et baisse la tête sur mes cours. Le boucher, ça y ressemble.

Je ne peux pas aller voir l'infirmière. Si ma mère est rappelée à l'ordre concernant son attitude envers moi, elle risque de se venger… Et la dame des services sociaux ne me sera d'aucune aide. En me regardant dans la glace des toilettes, je me fais un serment : plus jamais ma mère ne touchera mes cheveux, plus jamais.

Football, messe et croque-monsieur

Chaque fin d'après-midi, je vais chercher les enfants à l'école. Je reste un petit moment avec la maîtresse de Théo, elle a toujours le sourire et déborde d'optimisme. Nous discutons des enfants et de la vie en général. Ce sont des moments privilégiés que j'apprécie. Nous refaisons le monde, parlons de tout et de rien, toujours avec bienveillance. L'espace d'un moment, mes blessures cicatrisent.

Aujourd'hui, elle me remet l'attestation qu'elle a rédigée pour moi.

– J'espère que tout ira bien pour vous et que vous en aurez vite terminé avec ce procès.

– Oui, moi aussi. Merci pour votre attestation.

Je la range rapidement dans mon sac, je suis à la fois gênée et touchée qu'elle ait pris du temps pour m'aider.

Le soir en la lisant, je suis émue.

« *Ils sont très impliqués dans l'éducation de leurs enfants et attentifs à leur épanouissement.*

Ce sont des parents d'élèves toujours respectueux et agréables, pour qui il est important d'échanger quotidiennement avec les enseignants. »

La maîtresse ne tarit pas d'éloges à notre sujet. Une page entière. Cela fait drôle et c'est réconfortant. Nous allons gagner ce procès. La pédiatre, la directrice de la crèche, la maîtresse d'Anna… : toutes ont tenu à expliquer à quel point nous sommes investis et soucieux de mener à bien notre mission de parents. Me Latour a mis l'accent sur l'importance de ce type d'attestation aux yeux des juges pour démontrer que les enfants n'ont pas de carence affective liée à l'absence de relation avec leurs grands-parents.

Les mois suivants, nous continuons à réunir de nombreux témoignages. Dans ma famille, les langues se délient à propos du comportement de mes parents. Nous commençons à avoir un dossier solide. Lorsque le juge d'instruction estimera qu'il répond à ses interrogations et que Me Latour considérera qu'il a tous les arguments pour nous défendre, une date de plaidoirie sera fixée. Je pense à mon frère aîné Sylvain et je suis presque étonnée qu'il n'ait pas choisi de prendre le parti de mes parents. Il en aurait été capable mais a préféré ne pas s'exprimer…

*

Pendant notre enfance, Sylvain sait se faire discret à l'extérieur. Peut-être est-il mal à l'aise en dehors du strict cercle familial ? J'observe un brusque changement d'attitude de sa part dès que nous quittons la maison. Il n'est plus en terrain conquis. En revanche, chez nous, il a tous les droits. Ma mère en a décidé ainsi. Sylvain a tout de suite compris qu'il avait intérêt à donner raison à ma mère qui me considère comme un élément gênant, une indésirable. Plus il se moque de moi et me rabaisse, plus il met ma mère dans de bonnes dispositions : elle accepte tout ce qu'il lui réclame. Un jour de Noël, il me nargue et jubile devant son nouveau vélo de course face à ma lampe de chevet.

Sylvain erre souvent dans la maison à la recherche d'une partenaire de jeux. Il n'a toujours pas de frère, il le clame haut et fort, comme s'il était victime d'une malédiction. Il considère qu'il a des droits sur ses sœurs, elles doivent se plier à ses quatre volontés. La mère veille et réprimande vertement celle qui s'y opposera. Le fils le sait bien. Les filles jouent donc au foot quand Sylvain le décide. Je me retrouve dans les buts. Tremblant à la vue du ballon qui approche, je m'enfuis au dernier moment. Mon frère enrage. Il sait que je suis terrorisée, ça le fait rire et il tape encore plus fort ! Mon frère, comme les enfants de son âge, joue ; mais je sens une violence sans bornes dans son attitude. Je vois de la jubilation dans ses yeux et un profond mépris. Estelle n'a pas peur mais elle aussi déteste ces parties de foot. Sylvain a besoin que nous le regardions gagner, que nous reconnaissions sa toute-puissance afin qu'il affirme sa domination. Il est l'aîné, le garçon de la famille, et entend bien nous le faire comprendre.

Malgré tout, Estelle et moi réussissons à nous aménager quelques moments de bonheur. Le samedi soir, lorsque ma mère et mon frère quittent la maison pour aller à la messe, un créneau d'une heure trente de liberté s'offre à nous ; notre père travaille encore dans ses champs. Il ne faut pas croire que nous sommes dispensées de la messe hebdomadaire, mais par chance, mes parents y vont séparément ; Estelle et moi préférons accompagner notre père le dimanche matin pour profiter de ce moment magique du samedi soir.

– Voilà, ils sont partis ! lance Estelle, ravie. On va pouvoir se préparer un bon repas !

Je propose des croque-monsieur.

– Parfait, répond Estelle. C'est bon et rapide, on pourra ensuite se mettre devant la télé. Tiens, va chercher le pain de mie au congélateur !

Vingt minutes plus tard, nous nous installons confortablement avec notre plateau sur les genoux. Nous profitons de notre série préférée comme deux adolescentes ordinaires, on rit, on se moque des acteurs, on est bien. Cet instant de répit est de courte durée, déjà nous entendons le bruit de la voiture... Nous nous levons précipitamment et nous réinstallons à la cuisine car il est interdit de regarder la télévision.

Le lendemain, Estelle et moi accompagnons notre père à la messe. Cela nous permet d'esquiver systématiquement le premier quart d'heure de l'office, mon père étant constamment en retard partout. Notre entrée dans l'église provoque chaque fois un moment de flottement : la lourde porte grince et de nombreux visages inquisiteurs se retournent, semblant irrités d'avoir été perturbés dans leur recueillement. Nous baissons les yeux, marchons sur la pointe des pieds et cherchons des places dans un coin discret. Nous nous asseyons en priant le Seigneur pour que les vieux bancs de bois ne craquent pas trop ! Nous voilà fondus dans le décor, enfin pas tout à fait. Tous ces gens très âgés autour de nous accentuent mon sentiment de malaise. Ils affichent une attitude mi-prostrée, mi-soumise, courbant le dos et pliant les genoux. Cette posture, jamais je ne l'adopterai. Tous ces cous tendus vers l'homme en blanc là-bas, qui tantôt proclame, tantôt assène ou culpabilise, je ne m'y ferai jamais. Au catéchisme, dès les premiers cours, j'avais compris qu'il ne s'agissait pas de s'exprimer librement ni de débattre de manière enrichissante. J'étais là pour ingurgiter la « parole de Dieu » et la réciter quand on me le demandait.

Personne ne m'interdira de penser librement, que ce soit au nom d'une religion ou d'autre chose.

Ce matin encore, juste avant de partir, j'ai dit clairement à mon père que jamais il ne pourra me contraindre à penser comme lui : il peut laisser ma mère m'obliger à rester dans ma chambre, réduire mon espace physique, mais jamais je ne me soumettrai, jamais ils n'enchaîneront mon esprit. Mon père était hors de lui, mais j'ai insisté :

– Jamais vous ne pourrez me forcer à penser comme vous ! Jamais ! Vous auriez dû acheter un chien !

Et maintenant nous sommes là, gentiment assis à la messe à écouter le curé. Je récite dans ma tête ma dernière leçon d'histoire, jusqu'à la quête. Je déteste ce moment : mon père n'a jamais d'argent, même pas une petite pièce... Nous devons secouer la tête, les yeux baissés devant la corbeille tendue. Parfois la personne insiste, l'air de dire : « Vous êtes sûrs ? Mais enfin, ça ne se fait pas ! » Quand la communion arrive, je reste sur mon banc et regarde les autres défiler, l'air contrit. Le chant final à peine terminé, nous sortons et nous dirigeons rapidement vers la voiture.

L'école me sauve. Elle représente pour moi une ouverture sur la vie, une échappatoire. Ma mère a choisi de ne pas s'intéresser à mon travail. Elle ne manquerait jamais une réunion « parents-profs » pour mon frère ; par contre, elle ne se déplace pas pour moi. Sauf lors de ma quatrième, je ne sais pas quelle mouche l'a piquée ! J'apprécie particulièrement ma prof de français et j'ai l'impression que c'est réciproque. Quand elle m'écoute répondre à une de ses questions, je me sens exister, je redeviens quelqu'un. Tous les matins, je me lève avec une furieuse envie d'aller au collège.

Lorsque ma mère revient, tard dans la soirée, elle ne dissimule pas sa colère :

– Plus jamais je n'irai à une réunion parents-profs pour toi ! Tous ces compliments, c'est insupportable !

Je ne réponds rien. Ma mère gâche ces joies qui auraient dû constituer mon enfance et mon adolescence.

– Je préférerais mille fois que tu te comportes mieux à la maison et que tu aies de moins bonnes notes !

Je monte dans ma chambre sans répliquer, ma révolte sabordée par une immense tristesse et un profond sentiment d'injustice. Le lendemain, la rage de vivre revient. Je me replonge dans le travail, je me laisse inonder par ce savoir à portée de main. Le savoir libérateur, ma seule issue.

La vie mondaine

Depuis toujours, le plus important pour mes parents reste l'image, le regard des autres. Il faut constamment donner l'apparence d'une famille bien comme il faut. M'interdire d'inviter des amis ou de me rendre chez eux – que ce soit en journée ou le soir pour une fête – ne suffit pas à ma mère. Elle veut me remettre dans le « droit chemin » et, au début de ma seconde, m'inscrit dans des « rallyes », ces soirées dansantes organisées tous les mois par un cercle de familles aristocrates ou bourgeoises dans le but que leurs enfants se rencontrent. Cette idée que le nom ou le milieu social détermine automatiquement la valeur de la personne me révulse.

Ce soir, ça recommence : soirée rallye. Il va encore falloir faire semblant, sourire à tous ces fils et filles de bonne famille. La règle accorde tous les droits à ces messieurs : ce sont eux qui décident avec quelle fille ils vont danser le rock.

Alors, pour être choisie, la jupe courte est fortement recommandée, il vaut mieux être jolie, mais ce n'est pas le plus important. Ce qui compte surtout, c'est d'être une fille bien vue, c'est-à-dire issue d'une famille aristocrate avec un nom plutôt connu ; là, les choses sont grandement facilitées. Il suffit aussi qu'un garçon commence à inviter une fille pour que ses copains l'imitent. Ainsi, ce sont toujours les mêmes qui dansent et les autres qui attendent, dos au mur… Mon nom de famille n'est pas reconnu dans la sphère mondaine, je porte une robe toute simple, des lunettes, et ne connais pratiquement personne. Il va falloir que je laisse passer le temps pendant que mon frère Sylvain jubile. Comme toujours, la salle grouille de petits coqs qui se pavanent.

De même que la robe chic pour les filles, le costume-cravate est de rigueur pour les garçons. Il faut être bien « poli » avec les parents qui reçoivent et préparent le buffet. On ne sert pas d'alcool, strictement interdit, mais des jus de fruits et du Coca. En revanche, derrière les buissons de la propriété, les bouteilles de vodka circulent et les couples se forment. Bien entendu, les parents organisateurs ne se doutent de rien et annoncent fièrement à la fin de la soirée que les enfants « se sont "bien comportés", entre jeunes gens "de bonne famille" »… La musique ne réserve jamais de surprise, ce sont toujours les mêmes standards du rock mondain. Pour agrémenter ma soirée, je navigue entre le buffet et les toilettes. Je regarde ma montre régulièrement en espérant un miracle, mais les aiguilles semblent rester figées sur le cadran. À partir de minuit, je ne tiens plus, alors je supplie mon frère de nous ramener. Il n'a pas spécialement l'air de s'amuser, mais comme beaucoup de garçons dans ces soirées, il se prend pour quelqu'un de très important. Il s'adresse aux filles avec une certaine suffisance qui cache en réalité un profond malaise. Sylvain est le plus grand de la famille. Même s'il le dépasse, mon frère n'a pas la force de mon père. Sylvain n'a jamais aimé le travail dans les champs. Il n'a jamais remplacé mon père pour labourer ou semer, encore moins pour porter des tuyaux ! Sylvain regarde la télévision, lit les journaux et explique aux autres comment va le monde.

Le fait de décider avec quelle fille ils vont danser confère à ces garçons un pouvoir certain. Je les trouve suffisants ; pourtant, cette domination masculine semble plaire. Ces demoiselles se sentent honorées à chaque invitation et vont s'en vanter en comptant avec fierté le nombre de fois où elles ont été choisies ! Sylvain a honte de moi et ne dit jamais que nous sommes frère et sœur. Quand je m'adresse à lui devant les autres, il est mal à l'aise et encore plus détestable que d'habitude. Il sait parfaitement que je ne supporte pas d'être là, mais décide de rester jusqu'à la fin. Il conduit, je suis dépendante de lui pour rentrer. Alors je retourne au buffet, aux toilettes ou dehors, mais la vue de ces jeunes saouls ne m'intéresse pas. Gens « bien », jeunes cons… Toute cette hypocrisie me donne envie de vomir.

Les « dîners » de ma mère restent pour moi un autre grand symbole de sa volonté de démontrer son appartenance à un certain milieu. Elle adore inviter ses amis. La plupart du temps, c'est mon frère qui prépare le dessert, il aime bien faire des pâtisseries. Estelle et moi nous chargeons de mettre la table pour les convives dans la salle à manger. « J'adore recevoir ! claironne ma mère. – Oh, Corinne, comme tu as du courage ! » lui répondent ses amies. Ma mère se sent flattée et fière. Elle reçoit plusieurs fois par an, surtout l'été. En ces occasions et uniquement celles-là, elle se met aux fourneaux. Elle passe plusieurs heures en cuisine et prépare des plats que nous n'avons jamais mangés et que nous n'aurons pas non plus la chance de goûter. Elle ne cuisine que la quantité nécessaire pour ses amis… Nous, les enfants, mangeons à part les spaghettis collés quotidiens. Exceptionnellement, j'ai le droit de prendre mon repas à la cuisine avec les autres. Ces dîners m'apportent au moins une trêve. Le lendemain, une fois notre petit déjeuner avalé, Estelle et moi devons nous occuper de la vaisselle sale restée dans la salle à manger. Ma mère se lève à midi ou à 13 heures et tout doit être rangé. Mon père a l'air gêné de nous le demander mais il ne nous aide jamais. Nous devons tout transporter de la salle à manger à la cuisine, le couloir étroit séparant les deux pièces nous complique la tâche. Beaucoup de choses ne passent pas au lave-vaisselle, comme les verres, les couteaux et parfois les assiettes, les plats… Toute la matinée, nous lavons, séchons et rangeons dans les placards. Cela insupporte Estelle qui me prête néanmoins main-forte. Un de ces lendemains de dîner, à 10 heures du matin, ma mère, comme à l'accoutumée, n'est pas levée. Mon père me demande de lui apporter son petit déjeuner au lit… Je peux accomplir toutes les corvées, mais lui servir son petit déjeuner au lit, là, c'est me rabaisser plus bas que terre. Bien que je sois brimée et humiliée à longueur de journée, il me reste un minimum de dignité. Si j'obéis cette fois, ce peu de dignité qu'il me reste encore sera anéanti. Je résiste et lui réponds un « Non » catégorique. Il ne me demandera plus jamais de le faire. Vers midi, ma mère se lève d'une humeur massacrante, elle est « fatiguée » et s'installe devant son repas préparé par ses filles. Elle ne nous accorde pas un regard, encore moins un merci. Mon père ne peut s'empêcher de lui faire remarquer que nous avons beaucoup travaillé pour ranger et nettoyer les restes de son « dîner », il lui dit qu'elle pourrait nous remercier… Ma mère ne voit pas pourquoi.

Nous sommes les « bonnes » de la maison, sans salaire ni reconnaissance, recevant ordres et réprimandes. L'ambiance n'est jamais joyeuse ici ; en revanche, pendant ces dîners, mes parents et leurs invités rient à gorge déployée. Ironie du sort, ma chambre se trouve juste au-dessus de la salle à manger et, jusque tard dans la nuit, j'entends ces rires qui ravivent mes blessures.

Confrontation

Une nouvelle attestation vient d'arriver dans la boîte aux lettres. C'est celle d'Axel. On s'est connus en BTS à Clermont-Ferrand.

*

Pour mon entrée en seconde, ma mère m'a retirée de mon collège-lycée public de campagne où je me sentais bien avec mes amies. Elle m'a imposé un lycée privé sans aucune autorisation de sortie et proche de son travail. Malgré mes vives protestations et de nombreuses disputes parfois violentes, elle n'a pas cédé. Nous faisions donc les trajets en voiture ensemble dans un silence de mort. Quand elle ne travaillait pas, je prenais le car à 6 h 30. J'étais différente des autres lycéens, issus pour la plupart de milieux aisés. Ma mère ne supportait plus que je fréquente des « ploucs » et voulait que je devienne « quelqu'un de bien ». Mes vêtements bon marché tranchaient avec ceux des autres ; très vite j'ai été mise à l'écart et la cible de moqueries. Les filles étaient les plus dures, elles s'arrangeaient pour que je mange seule à la cantine. L'école, auparavant ma bulle d'oxygène, est devenue mon autre enfer. J'ai tenu bon, avec l'objectif d'avoir mon bac à dix-sept ans.

Axel fait partie de mes amis proches qui ont énormément compté pour moi durant mes deux années de BTS en commerce international. C'est en Allemagne qu'on s'est vraiment découverts. J'y ai passé deux mois dans le cadre d'un stage obligatoire à l'étranger à l'issue de ma première année d'études. Ma mère, coordinatrice de séjours linguistiques, s'était prise d'affection pour ce pays et s'y était rendue à de multiples reprises. Alors, quand je me suis heurtée à de grosses difficultés pour trouver un stage, je lui ai demandé de l'aide. Sa réponse, cinglante, ne s'est pas fait attendre :

– Certainement pas, je n'appellerai pas mes amis pour toi. Tu te débrouilles ! Je ne vais pas te pistonner, ne compte pas sur moi !

Au bord des larmes, je la supplie :

– S'il te plaît, passe au moins un coup de fil à tes amis chez qui t'es allée plein de fois…

– Hors de question, tu te démerdes !

L'agressivité et la grossièreté de ma mère m'ont obligée à me construire une carapace qui chasse la douleur. Mais je ne céderai pas, je dois avoir mon BTS.

– Tu vas me donner le numéro de téléphone et j'appellerai.

– Tu ne téléphoneras pas à l'étranger, c'est beaucoup trop cher !

– Donne-moi leur adresse.

– Certainement pas !

– Le nom, je le connais, t'en as parlé tellement souvent, il me manque la ville, donne-moi la ville.

Ma mère ne répond pas, elle hésite, je reviens à la charge :

– J'en ai besoin, c'est très important ! Où habitent-ils ?

– Dortmund.

Je quitte la pièce sans un mot. Dire qu'elle a un excellent niveau d'allemand et connaît bien les gens à qui je vais écrire…

L'Allemagne

Parce que tout est nouveau, j'ai un nœud à l'estomac lors de ce premier jour de stage en entreprise. Les employés avec qui je vais travailler m'accueillent chaleureusement. Ils aiment la France et sont contents de me raconter leurs vacances au bord de la mer dans ce pays qu'ils apprécient.

Franz et Hanna, mes collègues, ne parlent pas un mot de français, les consignes me sont transmises en allemand. Je le comprends bien, mais ça ne me sert pas à grand-chose. Ils sont débordés du matin au soir et me confient une unique mission quotidienne : les fax, toute une pile de fax à envoyer le matin à différentes sociétés, impérativement avant midi.

Je prends le bus tous les jours. Je m'y suis habituée et n'éprouve plus la moindre appréhension. Personne ne m'adresse la parole et je n'ose pas engager la conversation, je n'en ai même pas l'idée. Je rentre « à la maison », chez mes hôtes

Olga et Hans. Eux non plus ne me parlent pas. Je n'intéresse pas Hans, je dérange juste ses petites habitudes, car parfois il faut m'attendre cinq minutes pour passer à table et le journal télé ne se décale pas, lui. Olga n'a que très peu de temps à me consacrer entre la tenue de la maison et ses multiples activités. C'est difficile de me « caser » quelque part. Ils sont tous les deux retraités avec une vie bien remplie.

Un matin, pendant ma corvée de fax, Sarah, une collègue d'un autre service, vient me voir.

– Lucie, pour le week-end de quatre jours, nous allons dans le Sud retrouver des amis. As-tu toi aussi des amis que tu aimerais rejoindre pour le week-end ? S'ils sont dans le Sud, nous pourrions t'y conduire.

Je réfléchis. Je pense à Axel. On ne se connaît pas beaucoup, mais je sais qu'il s'entend très bien avec mon ami Romain. Je n'hésite pas et l'appelle.

Après cinq heures de route, la Polo rouge se gare devant l'auberge de jeunesse où Axel loge. Il fait déjà nuit. Comme convenu, il m'attend devant le bâtiment. Je dis au revoir à mes compagnes de voyage. Me voilà seule avec lui pour trois jours. Il me montre sa chambre, une vaste pièce avec six lits superposés. Presque tous les couchages sont occupés et ça dort déjà. Il me désigne un lit vide en haut. Avant de nous coucher, nous allons discuter un peu dans le hall. Puis chacun rejoint son lit. Je regarde le plafond, je n'arrive pas à dormir. J'entends tout un tas de bruits. Certains ronflent, d'autres ne cessent de se retourner. Des bruits de l'extérieur me parviennent aussi, des coups de klaxon, des motos qui démarrent. Je ne suis pas sûre que ces sons soient à l'origine de mon insomnie. Le lendemain, le soleil brille et envahit la chambre. Je me sens de bonne humeur malgré la fatigue. Axel et moi allons nous promener dans le parc attenant à l'auberge. Il est immense, rempli de fleurs. De beaux arbres font de l'ombre. Sans nous concerter, nous nous asseyons sur un banc. Et là, sans y avoir réfléchi, voilà qu'après avoir répondu à quelques questions banales d'Axel sur ma vie – comment je me sens dans mon stage, chez mes hôtes, si ma famille ne me manque pas trop –, je déballe tout. Je raconte ce qui se passe avec ma mère : les mauvais traitements, mes journées enfermée dans ma chambre et, surtout, sa décision de me jeter dehors en septembre. Juste avant mon départ, elle m'a informée que je devrai m'assumer entièrement à la rentrée. Cette année, mon frère aîné a toléré de partager son appartement avec moi – mes parents lui paient le loyer. Après les partiels de mon frère, ils vont résilier le bail. Ils vont lui chercher un studio pour septembre, mais moi, je dois me débrouiller seule pour ma deuxième année de BTS. J'ai donc demandé à ma mère de me reverser une partie des allocations qu'elle reçoit pour moi et qui correspondent à mon aide au logement puisque je ne vis plus au domicile familial... Jusqu'aux vingt ans de l'enfant, l'argent est versé sur le compte des parents. Ma demande a déclenché des hurlements, ma mère ne comprenait pas comment j'osais lui demander une chose pareille. Je n'ai pas le temps de finir mes explications, Axel me coupe :

– Tu vas venir habiter avec Romain et moi en septembre, tu ne resteras pas sans toit ! On est là.

Personne ne s'est vraiment soucié de ce qui m'arrivait jusqu'à présent. Je suis abasourdie, je ne sais que répondre, trop embarrassée et tellement habituée à ne compter sur personne. J'ai parlé pour me confier car c'était trop lourd, pas pour obtenir quelque chose. Axel insiste :

– On ne va pas te laisser tomber avec Romain, je vais juste lui demander s'il est d'accord, mais je sais qu'il le sera, et tu vas venir chez nous !

Je comprends que la solidarité existe, et pas seulement dans les livres.

– Je n'arriverai que mi-septembre à l'appart, je ne peux pas venir avant, je vais faire les vendanges. Mais Romain, lui, arrivera dès début septembre si t'as besoin.

– Je pourrai rester chez mes parents jusqu'au 14, puisque le BTS ne commence pas avant.

À mon avis, ils accepteront ma présence jusqu'au début des cours.

– On a l'appart à partir du 1er septembre. Franchement, n'hésite pas à appeler.

– Merci, Axel.

Nous nous taisons d'un coup. Un silence un peu pesant s'installe entre nous. Axel est choqué par ce qu'il vient d'entendre. Il a l'air sonné, son regard devient lointain. Il est maintenant perdu dans ses pensées. Je suis mal à l'aise, j'ai honte de mes parents et de ce que je vis chez eux. Je me sens si sale ! S'il savait que je ne lui ai pas tout dit…

Nous finissons par nous lever et nous nous promenons dans le parc. Je regarde les arbres, le chemin, le ciel, mais je ne vois rien. J'ai l'estomac noué. Nous marchons sans bruit dans les allées, puis Axel rompt le silence :

– Eh ben, jamais j'aurais pensé !

Il me regarde de nouveau, mais différemment. Avant, j'étais une fille qu'il connaissait peu et dont il ne savait pas trop que penser. En une heure, je suis devenue quelqu'un qui compte. Je vois dans ses yeux de la compassion et de la bienveillance, de la révolte aussi. Une sensation étrange m'envahit. Je n'ai rien fait de spécial, j'ai juste commencé à raconter mon histoire et tout a changé. C'est agréable de voir de la bonté dans les yeux de quelqu'un qui me regarde.

– Si tu veux, on peut aller se balader un peu en ville et, pour finir, je te montrerai où je fais mon stage !

– Avec plaisir !

Axel est passionné par son travail, l'activité de son l'entreprise l'intéresse au plus haut point. Son enthousiasme est beau à voir, lui non plus n'est pas mal, et encore plus quand il s'enflamme – ses yeux pétillent, il rayonne littéralement. Ça me fait du bien, ça lave toute la crasse. Axel ne s'arrête plus, le voilà qui transporte des marchandises diverses et variées à travers le monde entier. Il agite les bras comme si la parole ne suffisait pas. L'heure du dîner approche, nous rentrons à l'auberge. Les conversations vont bon train en allemand ou en anglais, les rires fusent. La soirée bat son plein, certains ont sorti des guitares et se mettent à chanter, je me laisse porter par cette bonne ambiance. Mes angoisses semblent disparaître.

Le lendemain, nous nous promenons de nouveau sous le soleil. Nous parlons de nos camarades de BTS. Nous rions beaucoup. Cette journée sera courte, Sarah doit revenir me chercher en début d'après-midi. Après un dernier repas au milieu d'autres jeunes, mon séjour s'achève, la Polo rouge vient de se garer dans l'allée. Je dois dire au revoir à Axel, j'ai mal au ventre, c'est la première fois que ça m'arrive quand il s'agit de quitter quelqu'un. Quelque chose a changé en moi pendant ce week-end, je ne comprends pas encore très bien quoi, si ce n'est le poids du manteau noir qui semble s'alléger enfin...

Juste avant mon départ, Axel a renouvelé son invitation. À partir du 1er septembre, je serai la bienvenue dans leur appartement. Je m'en vais avec le sourire de mon ami dans le cœur.

Mon stage se poursuit. Un soir en rentrant du boulot, une surprise m'attend dans le jardin, Hans se déride enfin et me la présente fièrement : une bicyclette qu'il a remise en état pendant mon absence.

– Voilà, comme ça tu vas faire des économies et de l'exercice pour aller à ton stage !

J'enfourche le vélo et commence à faire un tour dans les petites rues du quartier. Hans vient voir, il veut s'assurer qu'il est opérationnel, qu'il freine bien et que je vais pouvoir rouler en toute sécurité. Voilà que je ne veux plus descendre ! Je suis excitée à l'idée d'aller à mon stage à vélo. À moi la liberté ! Cette nuit-là, mon sommeil est plus agité que d'ordinaire. Hans m'a montré plusieurs fois le trajet sur une carte, il me l'a expliqué et c'est très simple.

En me levant, mes angoisses ont presque disparu, l'excitation domine. C'est avec entrain que je monte sur mon vélo. Je quitte assez rapidement le quartier résidentiel de mes hôtes pour découvrir la forêt qui s'étend à perte de vue.

D'ordinaire, je n'aime pas les forêts. Je les trouve oppressantes, j'ai cruellement besoin de voir le ciel. Les rangées d'arbres bien alignés ne laissant aucune trouée d'azur me terrifient. Mais là, c'est différent. Une large route la traverse, le soleil m'éblouit, je roule, je vole plutôt. Avec tous ces arbres de part et d'autre, je me sens forte, invincible. L'air frais fouette mon visage, c'est bon. Je roule longtemps ; pour moi, c'est le bonheur absolu, presque une résurrection…

J'arrive revigorée au travail et je passe mes fax inlassablement. L'après-midi, je suis excitée à l'idée de reprendre mon vélo, le temps passe plus vite. Sur le chemin du retour, c'est la même extase. Je vais vite, je connais la route. Pleine d'énergie, j'arrive chez Hans et Olga qui m'attendent.

– Alors, comment ça s'est passé ?

– Formidable !

Hans est heureux. Il s'est occupé de moi et m'a donné des ailes, je lui en suis si reconnaissante !

– Merci, Hans.

Les journées se succèdent : vélo, pluie, soleil, fax, pommes de terre, asperges et *Schwarzbrot* avec Hans et Olga, puis les soirées seule dans ma chambre où je comprends que la musique et les livres ne me suffiront plus.

Ma mère a téléphoné deux ou trois fois durant mon séjour. Quand j'y repense, elle devait se dire qu'Olga et Hans auraient trouvé bizarre qu'elle ne m'appelle pas pendant ces semaines à l'étranger. Toujours ce souci de l'apparence pour donner l'illusion que nous sommes une famille « normale ».

Nos précédents appels étaient l'occasion pour elle de me raconter une ou deux banalités, de me demander comment se passait mon stage… Alors je voulais y croire, moi, à cette fausse famille normale, je m'accrochais de toutes mes forces à ce fil ténu qui nous reliait. Mais ma mère coupait court à la conversation dès que je me lançais. Parfois elle demandait à parler à Olga, sinon elle raccrochait brutalement. J'espérais que, peut-être, la prochaine fois, elle m'écouterait, pour qu'elle soit celle qui ne me ferait plus pleurer, qui me consolerait, oui, comme toutes les mamans. Elle m'avait téléphoné à moi, Lucie, sa fille. Un jour, elle deviendrait une maman ; un jour, elle serait « ma » maman.

– Lucie, c'est pour toi ! annonce Olga avec un grand sourire en me tendant le combiné.

Je suis contente d'entendre ma mère, peut-être que mon absence l'aura adoucie, après tout ce temps.

– Tu sais, tu vas bientôt rentrer, ton stage touche à sa fin.

Voilà qu'elle-même se met à parler de mon retour ! J'ai du mal à cacher ma joie, ça y est, je lui manque, elle se réjouit de me revoir !

– Oui, oui, je sais, dis-je, la voix légèrement tremblante.

– Eh bien, justement, tu devrais demander à être prolongée d'un an, ou même plus. En fait, tu ne devrais pas rentrer du tout. Tu devrais rester en Allemagne ! On serait bien, nous, avec tes deux frères, tes deux sœurs, on serait enfin six !

Les paroles qui suivent ne comportent aucune ambiguïté. Je ne peux en entendre davantage. Je raccroche sans rien ajouter. Lentement, je regagne ma chambre et m'allonge sur mon lit. Je ferme les yeux, le noir revient, le fil que je serrais fort en moi s'est brisé. Plus rien ne nous lie, je sais à présent qu'elle n'a jamais tenu à moi. Ses paroles blessantes ne résultent pas d'un accès de colère qu'elle regretterait ensuite, non, ma mère ne se reproche rien, jamais. Le problème, c'est moi, alors je dois m'en aller : la logique implacable de ma mère. Maintenant que j'ai dix-huit ans, m'a-t-elle dit, la loi ne me protège plus, elle et mon père ne sont plus obligés de subvenir à mes besoins. « En septembre, je ne veux plus te voir, tu te débrouilleras seule avec tes bourses ! » Ses paroles me reviennent en mémoire et tournent dans ma tête, encore et encore. Couchée sur mon lit, broyée, je regarde le plafond, puis la fenêtre, je voudrais voir un morceau de ciel, juste un petit bout. Je ferme les yeux, il est là, bleu, lumineux, je revois Axel et son sourire. Je ne suis pas seule, quelqu'un va m'aider. Les larmes coulent sur mes joues, doucement d'abord, puis je suis prise de sanglots. Quelque chose d'infiniment précieux s'est cassé. Je ne pourrai plus imaginer un jour goûter, espérer un peu d'amour de ma mère, non. Moi, je n'y aurai jamais droit. Pour m'en sortir, il faudra que j'avance avec cette vérité. Dix-huit ans, si grande et si petite à la fois, me voilà jetée dans la vie et dans le monde, moi qui ne connais que la solitude et la violence.

Olga m'appelle, c'est l'heure du dîner. Je sèche mes larmes et me passe un coup d'eau sur la figure. Je ressens alors comme un coup de fouet et mes forces reviennent. Non, je ne vais pas mourir de chagrin ni d'autre chose, je vais vivre ! Je relève la tête et me dirige vers l'escalier d'un pas décidé. Le dîner se passe comme d'habitude, je ne laisse rien paraître de mon trouble.

Quelques jours plus tard, Olga et moi épluchons des légumes dans la cuisine, l'une en face de l'autre. Nous rions, parlons de tout et de rien. On est bien là, à deux, préparant le dîner, à ne penser qu'au couteau qui ne doit pas déraper et entailler un doigt. Olga aime bien parler cuisine, alors je me laisse prendre au jeu. Tout à coup, entre deux épluchures, elle me pose une question qui me fait l'effet d'une déflagration :

– Alors, tu n'as jamais cuisiné avec ta mère ?

Je me raidis, puis lâche mon couteau car mes mains tremblent. Je sais que cette fois, je ne pourrai pas mentir et faire semblant que tout va bien. Le moment de complicité que je viens de vivre avec Olga m'oblige à rester authentique, et c'est très bien comme ça. Je n'en peux plus de cacher la vérité.

– Non, je n'ai jamais cuisiné avec ma mère, d'ailleurs elle n'a jamais rien fait avec moi. Elle ne veut même pas que je mange à table avec toute la famille. Je dois rester à part, seule dans ma chambre. Ma sœur vient me chercher quand il n'y a plus personne dans la cuisine, là je suis autorisée à descendre. Ma mère a dit qu'en septembre, elle me mettra dehors et ne me paiera pas de logement pour mes études…

Cette fois, c'est Olga qui lâche son couteau. Elle me regarde, les yeux écarquillés, la bouche grande ouverte. Puis elle reprend ses esprits.

– Corinne ? Comment c'est possible ? Elle qui est toujours si agréable, si souriante, je n'arrive pas à le croire !

L'étonnement d'Olga ne me surprend pas. Je sais bien que ma mère réussit à duper les gens. Elle donne l'image d'une mère de famille idéale, toujours tirée à quatre épingles, qui gère ses cinq enfants, sa maison et sa carrière. Les armoires de ma mère regorgent de tailleurs. De toutes les couleurs. Des verts, des bleus, des rouges, des noirs, des unis, des à carreaux, des pied-de-poule… Certains viennent du bout du monde. Du Laos plus précisément. Une amie lui rapporte de la soie de chacun de ses voyages. Ensuite, une couturière confectionne le tailleur. Ma mère porte parfois une jupe et une veste dépareillées mais assorties avec soin. « Toujours élégante, Corinne ! » s'extasient ses amies. Pour compléter la tenue, ma mère ajoute des escarpins, uniquement à talons aiguilles. Sans oublier les éternelles boucles d'oreilles, choisies méticuleusement en fonction de leur couleur. Elle s'habille ainsi pour se rendre à son agence ou à un dîner. Elle réserve à la maison son pantalon vert foncé en toile légère à petits motifs blancs. Avec cette tenue, elle porte des chaussures à bouts ronds et talons carrés. Sa petite taille explique peut-être son attrait pour les talons, à moins que ce ne soit un principe d'élégance ? Ou alors un moyen de détourner l'attention, un outil pour paraître une autre ? Une personne aussi élégante est forcément quelqu'un de bien… Ses cheveux blonds, coupés au carré avec une frange, lui donnent un air strict. Les années passent, quelques fils blancs apparaissent, mais restent discrets. Ma mère déteste ses cheveux, elle les trouve trop fins, trop raides. Le temps ne laisse de marque ni sur son visage ni sur le reste de son corps. À peine quelques fines ridules au bord des yeux. En revanche, lorsqu'elle crie, tout se transforme, de sévères plis lui barrent le front. Mais lorsqu'elle sort et va dans le « monde », son visage redevient lisse derrière le maquillage. Au fil des années, son corps reste sec.

– Comment est-ce possible ? Pourquoi ? s'interroge Olga.

Je ne peux pas répondre à ses questions, j'en cherche encore les réponses, en vain. Même si elle veut m'aider, elle ne peut rien pour moi. Les larmes coulent sur ses joues. La tristesse d'Olga m'émeut et m'aide à me redresser. Je la rassure : je tiendrai bon, mon diplôme en poche, je tracerai ma route. Je ne retournerai pas en enfer. Est-ce que je pourrai attendre jusque-là ? s'inquiète Olga. Il le faudra, je peux endurer beaucoup et je ne suis plus seule. Je lui parle d'Axel. Soudain, nous entendons une voix, Hans entre dans la pièce.

– Alors, qu'est-ce que vous nous préparez de bon ?

– Des pommes de terre et des asperges.

– Parfait, on peut dîner bientôt ?

– C'est presque prêt, tu peux mettre la table avec Lucie.

Je me lève pour me rendre à la salle à manger avec Hans. Il dispose les assiettes, je vais chercher les couverts à la cuisine. Olga me sourit avec tendresse. Les choses ont changé, maintenant elle sait. Je retourne dans la salle à manger, Hans est d'humeur joyeuse, il sifflote. C'est prêt, nous nous installons. Olga et moi recevons des félicitations pour le bon repas, je suis contente d'être là avec eux. Je me sentirais presque en famille.

Quelques jours plus tard, Olga m'explique que son fils Tobias part en France pour ses vacances. Il pourrait m'emmener jusque dans l'Est pour y prendre le train et ainsi économiser mon billet d'avion en faisant jouer mon assurance annulation. Il ne me reste plus qu'à plier bagage. Ma grand-mère maternelle m'a envoyé plusieurs gros livres, je ne vois pas comment ils vont rentrer… Je regarde mon sac qui ne veut pas se fermer, j'ai le cœur lourd. Je ne peux pas me résoudre à laisser une partie de mes affaires ici. Impossible. Je contemple mes pulls, tee-shirts, jupes, pantalons, ils ne sont pas nombreux mais représentent tout ce que j'ai. Et les livres ? Ma grand-mère les a postés pour moi, pour que je ne m'ennuie pas trop. Elle pense à moi et fait ce qu'elle peut pour adoucir ma vie. Ma grand-mère m'a toujours posé des questions sur mon avenir. Je vois dans ses yeux que je suis importante pour elle. Ces livres, je ne peux pas les laisser. Ils sont symboliques, je ne suis pas seule. Depuis l'enfance, ils sont toute ma vie : mon oxygène entre les scènes quotidiennes infligées par ma mère. Je ne peux pas vivre sans eux. Mon sac trimbale ma vie, il me suit où l'on veut bien de moi.

Je rejoins Olga dans le salon, elle a préparé un dernier goûter. Nous partageons un crumble comme des amies, des voisines ou une grand-mère et sa petite-fille, peu importe, on est bien, là, ensemble, c'est l'essentiel.

Nous passons une dernière et belle soirée, la bonne humeur et les rires sont au rendez-vous. Avant d'aller me coucher, nous discutons dans la cuisine. Hans regarde la télé au salon. Olga saisit ma main et plante ses yeux embués de larmes dans les miens.

– Lucie…

Les mots ne viennent pas. Elle me prend dans ses bras et me serre très fort. Je ne sais pas si je la reverrai un jour. Quand elle relâche son étreinte, je vois que ses joues sont toujours mouillées, peut-être a-t-elle eu la même pensée… Je sens petit à petit l'angoisse revenir. Je vais rentrer chez mes parents, ce n'est pas le moment de flancher. Mon corps se raidit déjà, demain je retourne au combat.

Le lendemain, le réveil sonne très tôt. Déjà, il faut partir. Hans m'embrasse et me prend brièvement dans ses bras, un peu gêné, il a l'air ému. Je n'ai jamais compris ce qu'il ressentait à mon égard, j'ai d'abord eu l'impression de le déranger et j'ai cru qu'il était pressé que je m'en aille. Et puis il y a eu le vélo, il était si content de l'avoir trouvé pour me faciliter la vie ! Olga me serre fort dans ses bras d'un geste un peu brusque, elle pleure franchement cette fois :

– Tu m'écriras, hein ? Promis ?

– Oui, promis.

De retour

Tobias et sa femme sont divorcés. Il part en vacances seul avec ses enfants. Le trajet se passe sans encombre, nous parlons peu.

Devant une petite gare de campagne de l'est de la France, en pleine nuit, mon périple allemand s'achève. Tobias ouvre le coffre, attrape mon sac puis se dirige vers le quai. Ma vie ballotte entre ses mains. Le son strident du sifflet retentit, le train démarre. Quelques heures plus tard, j'arrive à Clermont-Ferrand. Un jeune homme propose de porter mon énorme bagage, je le remercie vivement. Fébrile, je descends sur le quai. Je cherche ma mère, elle m'a déjà vue et se dirige rapidement vers moi. Sans un mot, elle se saisit fermement de mon sac malgré son poids et marche d'un pas pressé vers la voiture. Elle ouvre le coffre et le jette à l'intérieur. Sa portière claque, je sens comme une décharge électrique dans mon corps. Et toujours ce silence. Pas même un « Ça va ? » ou un « Ça s'est bien passé ? ». Au bord de l'explosion, je lui demande :

– Tu veux que je te raconte ?

– Mais me raconter quoi, Lucie, franchement ?

– Eh bien, mon stage, ma vie là-bas…

– Tu crois vraiment que ça m'intéresse ?

Je tourne la tête vers les champs de blé, les prés avec leurs vaches, puis le ciel, surtout le ciel, d'un bleu splendide. On dirait qu'il me nargue, oui, là-haut il fait beau, et dans cette voiture c'est l'orage, avec les éclairs, la foudre. L'apocalypse peut-être. Personne n'aura ma peau, il suffit que j'aille dans la bonne direction, c'est tout. Je sens le grand manteau noir enserrer mon corps. Il faut qu'il devienne un bouclier contre les coups.

De retour à la « maison », ma mère balance mon sac en plein milieu de ma chambre. C'est fou, la force qu'on peut avoir quand on est en colère. Non, je ne voudrais pas être comme ma mère, jamais ! Quel genre de personne est-ce ? Un monstre ?

Le lendemain, je me réveille fatiguée, je m'habille puis descends pour le petit déjeuner. À la cuisine, mes deux sœurs, Estelle et Madeleine, sont là.

– Alors, c'était comment l'Allemagne ? Qu'est-ce que t'as fait ? demande Estelle.

– Au niveau du stage, rien de passionnant. Par contre, ils étaient très gentils, il y avait une bonne ambiance.

– Et avec Olga et Hans, c'était cool ?

– « Cool » n'est pas le mot qui me vient à l'esprit, c'est sûr… Au début c'était un peu dur. Chacun a dû s'habituer à la cohabitation. Petit à petit, tout le monde s'est senti bien, je pense.

À cet instant, ma mère entre dans la pièce, la conversation stoppe net. Je plonge la tête dans mon bol, Estelle se lève et commence à débarrasser. Ma mère m'ignore et parle à Madeleine. Ça tombe bien, de toute façon j'avais fini. Mon bol et ma cuillère au lave-vaisselle, je tourne les talons. L'escalier, puis ma chambre. Vite j'ouvre la fenêtre, j'ai besoin de respirer. Ça ne suffit pas, la réadaptation est difficile, j'ai l'estomac noué. Je prends mon livre, seul remède à l'angoisse qui s'immisce dans mon corps. Pendant les vacances, les journées sont longues, trop longues, le temps s'étire lentement et semble presque figé, alors j'avale des romans, des récits principalement, jusqu'à en avoir mal aux yeux et à la tête, jusqu'à ce que mon corps engourdi peine à bouger. Les journées passent comme ça, les unes après les autres, me rapprochant lentement de la rentrée. Bientôt je vais travailler dans les champs, chez le voisin. Je me suis bien organisée cette année, je ne serai pas exploitée huit heures par jour par mon père et, surtout, je vais sortir du carcan familial. Le travail n'a pas encore commencé, peut-être à la fin de la semaine prochaine, j'attends un appel de confirmation.

Il est déjà midi, trop tard pour aller mettre la table. Ma mère ne m'a toujours pas adressé la parole depuis mon retour. Je n'existe plus du tout. Je prends mon courage à deux mains et descends. Je n'ai pas faim. Le repas se passe à la salle à manger comme tous les dimanches. Ils viennent de s'asseoir. Personne ne m'a appelée. Je me félicite intérieurement d'être arrivée au bon moment. Il fait sombre, comme toujours dans cette pièce orientée au nord ; la petite fenêtre avec ses carreaux minuscules lui donne un air sinistre. Je m'assois et retiens mon souffle. Ma mère se sert et fait passer l'entrée qui consiste presque toujours en une salade de tomates ou des carottes râpées. Le silence est effrayant, la tension palpable. Chacun sait que mon absence a créé une rupture. Quelle tournure vont prendre les événements ? À cet instant précis, personne ne le sait. À part peut-être ma mère. Soudain, mon frère Sylvain s'exclame avec agressivité :

– Pourquoi elle est déjà revenue, celle-là, d'abord ?

– Je lui avais bien dit pourtant de rester là-bas ! renchérit ma mère.

Estelle hurle en se levant d'un bond :

– Mais ça va pas, non ? Vous êtes fous ou quoi ?

– Elle n'a rien fait, elle vient juste de rentrer ! continue mon père.

– Quoi ? Vous allez quand même pas prendre sa défense ? vocifère ma mère.

– Il faut qu'elle s'en aille ! crie mon frère, debout lui aussi.

– Vous n'avez pas le droit, c'est ma sœur ! Votre fille ! Vous n'avez pas le droit ! Vous ne continuerez pas comme ça ! s'insurge Estelle.

Sylvain est fou de colère, il lève les bras puis les abaisse violemment, ses gestes sont nerveux, saccadés, puis il frappe. Estelle reçoit un formidable coup de pied dans la cuisse. Elle hurle de douleur et quitte la pièce en boitant. La porte d'entrée claque. Mon père, furieux, se lève à son tour. Madeleine, dix ans, et Valentin, cinq ans, n'ont pas levé le nez de leur assiette. Je reste plantée là. Je n'ai pas bougé de ma chaise, comme si je n'étais pas concernée par ce qui vient de se passer. Je ne ressens rien. Je suis vide comme une coquille de noix, mais déjà mon père me saisit par le bras et m'entraîne à l'extérieur.

– Viens chercher ta sœur avec moi, si on la retrouve pas, ce sera ta faute !

Il ouvre la portière et me pousse dans la voiture. Son visage est blanc de rage, ses yeux fous. « Tout ça, c'est encore ta faute ! » hurle mon père en boucle. Immobile, je ne dis rien, je ne suis pas là. Estelle apparaît au détour d'un chemin, visiblement très agitée. Il la force à monter dans la voiture. Elle crie, elle veut qu'il la laisse tranquille, elle veut aller se calmer seule. Puis elle se tait d'un coup, un silence de mort emplit la voiture.

Nous arrivons à la maison. Mon père se dirige vers la porte d'entrée, Estelle et moi passons par le garage. Ma sœur gagne la cuisine et prend une assiette dans le placard, puis une autre, et avant que j'aie le temps de comprendre, elle en jette une de toutes ses forces. L'assiette se fracasse contre le mur. L'instant suivant, elle lance l'autre encore plus fort. Je vais chercher le balai, la pelle, et je ramasse les morceaux. Aujourd'hui, quelque chose s'est cassé, pas seulement de la vaisselle. Estelle sort de la pièce complètement chamboulée. La profonde inquiétude qu'elle m'inspire me permet de recouvrer mes esprits. Je retrouve des sensations, des émotions. Pour la première fois, elle est sortie de ses gonds. Elle monte à présent l'escalier à toute vitesse, je ne la reconnais plus. « Ma sœur, non, pitié, non ! Laissez-la, laissez-la vivre, s'il vous plaît ! Foutez-lui la paix ! » Elle est en haut des marches, l'air hagard, puis elle se dirige vers sa chambre. Je l'intercepte, j'ai du mal à la stopper car elle se débat, son agitation ne faiblit pas, au contraire. Estelle crie, je lui dis que je veux absolument savoir ce qui se passe dans sa tête. Brusquement elle s'arrête, puis se tourne lentement vers moi, le regard rempli de détresse :

– Elle ne t'aime pas !

Très calme, je lui réponds :

– Mais ça, c'est pas nouveau !

Ce n'est pas complètement exact. C'est en Allemagne que j'ai eu cette importante prise de conscience. Et c'est à partir de ce jour que ma sœur, petit à petit, va perdre pied face à cette situation atroce et insoluble.

Sursis

Deux jours passent, la guerre entre ma mère et moi atteint son paroxysme. Les rares fois où nous nous trouvons dans la même pièce, toujours au moment des repas, elle ne cache plus sa haine. Ses mots, son regard, tout la trahit. Je suis dans une sorte d'état second. J'ose à peine respirer. Je n'arrive plus à crier ma révolte et j'ai peur. J'attends un coup de téléphone, celui du voisin qui annoncera le début du travail qui m'attend : c'est ma survie psychique et physique. Avec cet argent, j'espère subvenir à mes besoins en début d'année scolaire. Pour le logement et la nourriture, je ne pourrai compter que sur la bourse versée par l'État chaque fin de mois à partir de septembre.

Je ne tiendrai plus longtemps à vivre comme un animal qui doit guetter l'heure des repas et ne sait pas quand il aura le droit de manger. Plus personne ne me parle. Estelle ne semble pas s'être remise de la scène du lendemain de mon retour.

Dans l'après-midi, la tension monte encore : l'agriculteur a téléphoné, le travail commencera dans quatre jours. C'est beaucoup trop long. Intenable. J'appelle une amie du BTS avec qui je devais partir camper fin août, je lui explique la situation, elle vient sur-le-champ et décide d'avancer notre séjour. Lydie gare sa voiture devant la maison, mon père sort aussitôt, l'air agressif. Il s'avance vers elle avec de grands gestes menaçants, mon amie est petite mais n'a pas peur. Campée sur ses deux pieds, solide, elle regarde mon père droit dans les yeux : « Je l'emmène. » Il est furieux.

Arrivée chez elle, Lydie passe des coups de fil pour organiser notre séjour à la mer. Elle trouve un camping à quelques kilomètres de la plage, c'est parfait. Nous prévoyons de partir tôt le lendemain matin. C'est elle qui planifie tout, moi je ne suis plus capable de rien. Assise dans le canapé, j'attends. En fait, je suis restée là-bas avec ma famille, j'entends encore les cris résonner dans ma tête. Comment un enfant peut-il vivre sans l'amour de ses parents ? Comment peut-il accepter la haine que lui voue sa mère ? Cet enfant-là sait bien, au fond de lui, que ses espoirs sont vains, qu'une mère il n'en aura point, pourtant il continue à s'accrocher de toutes ses forces à cette promesse d'amour. C'est cet espoir qui le tient debout.

Le silence ici m'oppresse. Lydie fait ce qu'elle peut pour me dérider, elle essaie de me communiquer son enthousiasme pour notre séjour à la mer. Son frère rivalise de blagues toutes plus nulles les unes que les autres, je finis par rire, mais le cœur n'y est pas.

Cette nuit-là, je ne dors quasiment pas, de nouveau un vide immense m'engloutit. Le réveil sonne, mes yeux ouverts depuis longtemps fixent l'écran : 6 h 30. Je me lève, on va à la mer, camper. Je déjeune, je me lave, je referme mon sac et monte dans la voiture de Lydie. Il fait très beau, toujours ce bleu éclatant et tout ce noir à l'intérieur de moi. Nous ouvrons les fenêtres, il fait déjà chaud. Lydie monte le volume de la radio, les tubes de l'été défilent, mes larmes coulent, je tourne la tête, je ne veux pas qu'on me témoigne de la pitié, alors je serre les dents. Le vent sèche les rigoles sur mes joues. La petite voiture vibre sous la vitesse et les rafales, les secousses me ramènent à la vie, je ris. Lydie et moi luttons pour discuter malgré le vent, la musique, le moteur de la voiture qui peine. On est ensemble, c'est tout ce qui compte.

Décoiffées et pleines de bonne humeur, nous arrivons à Narbonne. Nous cherchons la mer, le camping attendra. Elle s'étend devant nous, calme et scintillante, le vent est tombé. La vie nous appartient. En un rien de temps nous voilà en maillot de bain, les pieds dans l'eau. Elle est glacée, comme toujours en début de saison. Aucune importance, nous sentons avec bonheur les vaguelettes vivifiantes caresser nos mollets. Nous avançons, l'eau gèle nos cuisses, nos ventres. Je me mouille délicatement le buste et le cou, encore et encore, retardant le moment de pénétrer entièrement dans l'eau froide. Puis je tends les bras, colle les paumes ensemble et fends l'eau en douceur. La mer et moi, c'est juste une belle histoire d'amour, pas de place pour la compétition, la performance, et encore moins pour la violence. Ici, mon corps est respecté. Je nage vers l'horizon, confiante. Lydie me rejoint. « On est bien là, hein ? » J'acquiesce. Le ciel et la mer s'unissent là-bas, à l'horizon. Je regarde intensément autour de moi toutes ces beautés, elles me lavent. Le noir sort de mon corps. Je me sens légère.

Après une courte nuit sous la tente, nous repartons à la plage pour y passer la journée. Le vent souffle tellement fort que le sable se soulève et devient fumée. On ne voit plus la mer, seulement une espèce de brouillard qui gifle le visage et fouette les jambes. Il n'y a personne sur la plage, nous sommes seules avec le sable volant. Je ferme les yeux. Je rentre, je renonce. Lydie me suit. Nous remontons dans la voiture. Au bout d'un moment, nous découvrons un bois. À l'ombre des pins, tout est calme. On pourrait être bien, là. Mais c'est fini pour moi, le grand manteau noir, celui de l'angoisse, m'a recouverte, je n'ai plus goût à rien.

– Eh bien, voilà, on a trouvé un endroit sans vent, c'est parfait ! s'enthousiasme Lydie.

Je suis incapable de répondre et fixe les troncs des arbres.

– Ça ne va pas ? Qu'est-ce que t'as ? s'inquiète Lydie.

Je ne peux plus parler, j'ai la gorge nouée. Alors nous restons là un moment, je regarde toujours les troncs des arbres. Je les vois comme les barreaux d'une cage, ma vie emprisonnée. Je lève la tête, pas de ciel, juste la cime noire des arbres, un couvercle implacable qui se referme. Je ne trouve aucune issue.

Je ne me confie pas à Lydie. Elle parle de choses et d'autres, évitant soigneusement le sujet de mes parents. On discute du BTS, je me déride à peine. Le soir, nous allons admirer le célèbre feu d'artifice du 14-Juillet sur l'eau. Le vent s'est en partie calmé. Je ne parviens pas à profiter de la beauté des illuminations.

Le lendemain matin, nous devons partir, je ne veux pas manquer le début du travail dans les champs. Dans la voiture, je regarde le paysage la tête vide, le cœur lourd. Les pins parasols défilent puis disparaissent lorsque la mer ne devient plus qu'un vague souvenir. Des champs à perte de vue la remplacent. Mon regard se perd, je cherche l'horizon, en vain. Des collines barrent le paysage. Comme ma mère, qui veut saborder mon avenir. Lydie me tire de mes sombres pensées.

– T'as déjà travaillé chez ce voisin ?

– Non, mais il est connu dans le coin pour être un bon agriculteur.

– Alors, tout devrait bien se passer.

– Je n'ai jamais entendu personne se plaindre de lui.

– Pourquoi fais-tu cette tête d'enterrement ?

– C'est parce que je dois retourner là-bas.

– T'en as plus pour très longtemps, tu partiras bientôt.

– Je sais…

Déjà la petite route menant chez mes parents se dessine devant nous. Ma mère sort de la maison, le visage crispé. Elle répond à peine au bonjour de mon amie, un silence pesant s'installe, c'est le moment pour Lydie de partir. Les au revoir sont brefs, j'ai le cœur déchiré, je sais que peut-être je n'aurais jamais dû revenir. L'été, on ne perçoit pas de bourse, les parents assument leurs enfants, enfin, normalement. Alors pour pouvoir partir un jour, je dois rentrer pour gagner de l'argent.

Je sors de ma chambre lorsque je comprends qu'ils vont se mettre à table, chacun à sa place comme d'habitude. Je me trouve donc le plus loin possible de ma mère, à côté de mon père.

– Tu vas travailler chez le voisin ? me lance-t-il, furieux.

– J'ai besoin d'argent.

– Ah, t'as qu'à dire qu'on t'en donne pas !

Non seulement ils ne m'en donnent pas, mais en plus ils s'apprêtent à prendre le mien à la rentrée, lorsqu'ils toucheront les allocations familiales sans rien me reverser ! Je me tais. Il ne faut surtout pas discuter argent avec mon père, il devient fou.

– Le voisin a rappelé ce matin, le travail commence cet après-midi, mais tu vas rester à la maison.

– Tu ne m'empêcheras pas d'aller travailler.

– En tout cas je ne t'y emmènerai pas !

– J'irai à vélo.

– C'est ça, casse-toi ! Et qu'on ne te revoie plus !

C'est ma mère qui vient de hurler. Elle a retrouvé son visage d'hystérique, déformé par la colère, elle tremble, elle a du mal à se maîtriser. Je me lève, elle me fait peur. À la hâte, je glisse mon assiette dans le lave-vaisselle comme un bon petit soldat et disparais pour me réfugier dans ma chambre. Elle enrage parce que je suis revenue. Pendant mon séjour en Allemagne, elle avait sincèrement espéré que ce ne soit pas le cas. J'emballe mes affaires à toute vitesse, je descends l'escalier presque sans voir les marches et j'enfourche mon vélo. Je pédale et m'envole à nouveau, je retrouve des sensations grisantes de liberté. Je sors de la maison, c'est l'essentiel.

Les maïs

Le champ apparaît au loin. Après une centaine de mètres sur un chemin caillouteux qui malmène mon vélo, me voilà au milieu de l'équipe, prête à travailler. Un sentiment de malaise m'envahit soudain, je suis entourée d'hommes, des vrais durs. Tous me regardent avec curiosité, j'ai l'impression qu'ils se demandent ce que je fais là. C'est vrai que je suis petite et pas très costaude, mais qu'importe… Pas le temps de tergiverser, le travail va commencer. Le chef n'est pas là, un contremaître le remplace.

– Qui n'a jamais fait ça ? demande-t-il.

Quelques mains se lèvent.

– Alors, venez avec moi, je vais vous montrer. Les autres, vous pouvez y aller. Vous prenez chacun une rangée et vous m'enlevez toutes les crêtes visibles.

Tout le monde se regarde sans bouger, puis un gars se décide et commence à inspecter une rangée, il avance vite. Rapidement, chacun fait de même. Les pieds de maïs défilent, je cherche les crêtes. Je me retourne toujours pour vérifier si je n'en ai pas oublié une… J'ai du mal à travailler vite et je me fais distancer par les autres. Enfin le bout de la rangée ! Tout le monde m'attend et rigole.

– Ben dis donc, il faudra penser à accrocher un drapeau au-dessus de ta casquette ! On savait pas où t'étais !

Fou rire général. Cette phrase m'amuse, mais je n'en laisse rien paraître. C'est reparti pour un tour, chacun dans sa rangée. Cette fois, je m'accroche dès le début. Mais les rangées deviennent très longues et les maïs plus hauts se referment au-dessus de moi comme un couvercle. L'angoisse revient. Enfin je sors du tunnel, là où les plants sont à ma hauteur. Soudain, devant moi, Magalie, une amie de mes cousines, m'a rejointe. Je ne l'avais pas vue en arrivant. On ne se connaît pas trop, mais son franc sourire fait du bien. Le travail me semble plus léger maintenant, je ne me sens plus seule.

Au fil des heures, puis des jours, nous devenons inséparables. On travaille ensemble, on fait des balades à vélo, on discute. Elle ne me pose jamais de questions et je ne l'interroge pas sur sa vie. Je sais qu'elle a trois frères et sœurs, tous plus jeunes qu'elle. Sa mère est a priori une originale, c'est l'idée que je me suis faite après avoir entendu quelques conversations de mes cousines à son sujet. Magalie n'en parle jamais, nous n'évoquons pas nos familles. Nous profitons du moment présent. On discute un peu fringues, un peu mecs, et on rit beaucoup. Elle parle sans juger, sans se voiler la face non plus. Elle dit et voit les choses comme elles sont. Elle envisage la vie comme une urgence, comme si demain, tout pouvait s'arrêter. Peut-être que c'est pour ça qu'on s'entend si bien.

Chaque soir, je rentre chez moi. Je lis, je mange ce que je peux, je dors et je repars. Je m'accroche à cette autre vie dans les champs. Là-bas, on me regarde, on m'écoute, on s'intéresse à moi comme à n'importe quelle autre personne, je suis des leurs. Je découvre l'entraide – que je n'avais encore jamais réellement connue, sauf avec Lydie et Axel. Je suis un être humain comme les autres. Gonflée d'espoir, je sens que le moment où je pourrai vivre « normalement » se rapproche. Après chaque journée de travail, je suis fourbue, j'aime bien cette sensation : le corps fatigué par l'effort physique. Je me sens vivante.

Le 31 juillet, le travail est terminé. L'agriculteur n'a plus besoin de nous. Les autres se réjouissent, moi non. Magalie ne dit rien. Comme certains, elle logeait sur place, je ne sais pas si elle est heureuse de rentrer chez elle. Un peu émues, nous nous disons au revoir.

Le lendemain matin, je me terre dans ma chambre. Une demi-heure avant le déjeuner, je descends, ma mère n'est pas dans la cuisine, tant mieux. J'essaie de me détendre, en vain. Je mets la table, le ventre congestionné. « J'ai oublié le pain ! » Mon père râle s'il n'a pas son pain coupé. Je fais demi-tour, saisis le couteau et m'attelle à la tâche quand soudain j'entends la porte s'ouvrir. Ma mère me regarde l'air surpris, elle ne s'attendait pas à me voir là, ses sourcils se froncent, ses yeux me lancent des éclairs. Elle prend quelque chose dans le frigo, elle va nous bricoler un truc à manger. Ses gestes sont saccadés, elle bout, je le sens. Sans plus attendre, je pose la corbeille de pain sur la table et m'éclipse.

Une heure plus tard, j'entends mes frères et sœurs se mettre à table avec ma mère, je descends. J'ai fait attention de ne pas croiser son regard. Dès le début je sens que ça ne suffira pas, ma mère est agressive, elle commence à crier. Sylvain la reprend, il veut qu'elle arrête, plus personne ne supporte cette tension permanente. Ma mère perd alors le contrôle. Personne ne comprend ce qu'elle dit, la fureur déforme ses mots et son visage. Ses bras, ses mains s'agitent à une vitesse incroyable. Madeleine pleure, Valentin aussi. Sylvain et Estelle restent interdits. Les yeux de ma mère roulent dans tous les sens, puis se figent dans les miens, je vois la haine qui déborde, immense, inépuisable. Plus forte que les mots. De nouveau les yeux glissent du mur à la table, du sol au plafond, enfin vient la sentence :

– Il faut qu'elle dégage !

Je monte dans ma chambre. Je m'assois sur mon lit et je pleure. Cette fois, je ne me retiens pas, à quoi ça sert ? Je ne pourrai rien empêcher, rien sauver, ma mère détruit tout. Elle n'a pas attendu le retour de mon père aujourd'hui, elle n'a pas pu. Je suis là, prostrée sur mon lit, et mon père n'a rien vu. Ma mère ne m'a pas frappée, non, elle m'a juste broyée à l'intérieur, juste avec ses yeux. Qui peut comprendre sans avoir assisté à ça ? Le noir de ses yeux et de son cœur est venu me souiller et tout ravager. Cette douleur dans mes entrailles est indescriptible. Combien de temps resté-je là ? Je ne sais pas. Estelle finit par entrer et voit mon visage noyé de larmes.

– Allez, ça va aller.

On sait toutes les deux que ce n'est pas vrai. Sans un mot, je prends mon livre, j'ouvre la fenêtre et je regarde dehors, mais pas trop, sinon les pensées vont revenir. Il faut vite que je lise, et longtemps. Ma sœur quitte la pièce. Je sais qu'elle ne va pas bien non plus, mais qu'est-ce que je peux faire ? Qui peut l'aider ? Qui peut *nous* aider ?

Le Relais du Lac Bleu

Après une courte nuit, je suis réveillée par une voix d'outre-tombe : mon père téléphone dans son bureau juste au-dessous de ma chambre. Son ton paraît plus grave que d'habitude. Intriguée, je m'assois par terre et écoute à travers le plancher :

– Il faut que tu prennes Lucie. J'ai peur que Corinne fasse une bêtise.

Je ne m'étais pas trompée. Je me sens à la fois soulagée et terrifiée. D'un côté, mon père va enfin faire quelque chose pour moi, il va me sortir de là. De l'autre, ma propre mère représente un réel danger pour moi… Mais avec qui parle-t-il ? Où va-t-il m'envoyer ?

Mon père monte l'escalier, je m'installe à mon bureau et fais semblant de travailler. Il entre et me dit que je dois aller chez son cousin Étienne. Je ne laisse paraître aucune émotion, j'ai peur qu'ils s'en servent contre moi par la suite. Si je montre que je suis contente, mes parents pourraient changer d'avis et m'empêcher de partir. Je ne sais pas ce qui se passe dans leur tête, mais ce n'est pas mon bonheur qui motive leurs choix... Je reste donc de marbre et demande :

– Quand ?

– Le plus tôt possible.

Mon père sort et me laisse pensive. C'est donc vrai, je vais fuir cet enfer. Je dois faire mon sac, à peine défait depuis mon retour d'Allemagne ! Combien de temps vais-je partir ? Il ne m'a rien dit. Il m'a juste tendu un billet de train, un aller simple. Tant pis, j'emporte tout ce que j'ai. Je retrouve mon père dans la cuisine, j'en profite pour lui demander quand est prévu mon retour. Il ne sait pas. Quelque chose me cisaille l'estomac : ils se débarrassent de moi comme d'un paquet de linge sale... Je vois bien que mon père est un peu bizarre, il semble avoir pris conscience de ce qui se passe entre ma mère et moi, et ça le dépasse. Nous partons sans au revoir. Dans la voiture, je ressasse mes angoisses, lui reste muet. Une heure plus tard, je suis dans le train. Une petite dame vient s'asseoir à côté de moi. Elle commence à parler et ne s'arrête plus. Sa voix me berce, je l'entends de loin qui me parle encore et encore de son fils, je comprends que c'est son seul enfant. Au bout d'un moment, le « ronronnement » m'a apaisée, je retrouve mon calme.

– Et toi, tu pars en vacances ? me demande la dame.

– Voilà, c'est ça.

– Tu vas où ?

– Chez un cousin de mon père, il habite dans les Alpes.

– Tu viens d'où ?

– De Clermont-Ferrand.

– Ça fait une sacrée trotte !

– Je sais, mais je suis contente d'aller là-bas.

Je ne lui dis pas que j'ai un peu peur. Je sais que mon père s'entend très bien avec son cousin même s'ils se voient peu. La conversation revient vite sur le fils de la vieille dame, je ne dirai rien de plus sur moi. Lorsqu'elle descend, je me retrouve seule. Je me tourne vers la fenêtre et me concentre sur le paysage, je n'entends ni les roues crisser sur les rails ni les conversations au loin, je suis au milieu des tournesols, du maïs, du sorgho…

Le jour commence à décliner quand le train entre enfin en gare. Je n'ai pas vu le cousin de mon père depuis cinq ans, je le connais à peine. Étienne m'attend sur le quai. Nous nous disons bonjour et il prend mon sac. Nous montons dans son 4 × 4.

– T'as fait bon voyage ? C'était pas trop long ?

– C'était long, mais je suis contente d'être là.

– J'ai été surpris par le coup de fil de ton père, mais il n'y a pas de problème, tu peux rester. En plus tu vas pouvoir te faire un peu de sous : y a du boulot !

Après ces quelques paroles, le silence remplit l'espace et m'oppresse. Soudain, je me retrouve plongée là-bas, dans les cris, les regards assassins, et tout devient noir. Je ne vois ni les montagnes avec leurs prés en pente ni les vaches qu'on entend de loin avec leur cloche autour du cou. Je me retiens de pleurer. Petit à petit, le paysage refait surface derrière la vitre, je m'accroche à ce qui est là, devant moi. Ces montagnes aux sommets vertigineux m'impressionnent, mon regard s'y attarde. La petite route qui monte avec ses virages en épingle à cheveux, unique chemin pour arriver au restaurant, me donne le vertige. Étienne est gérant d'un hôtel-bar-restaurant : *Le Relais du Lac Bleu*. Lorsque je descends de la voiture, une angoisse m'étreint, j'ai peur de nouveau.

Dans la salle du restaurant, je fais la connaissance de Carole et Patrice. Ils sont en couple. Lui s'occupe de la cuisine, elle du service au bar et dans la salle, mais également du ménage et des chambres. Je sens que Carole et moi allons bien nous entendre. Elle a un look un peu hippie avec son pantalon très large et resserré en bas. Patrice me plaît tout de suite avec son regard plein de mystère. Il a vingt-huit ans, c'est vieux je trouve, moi qui n'en ai que dix-huit ! Peut-être qu'on deviendra amis, je l'espère. Les premiers clients du soir vont bientôt arriver, Patrice retourne s'affairer en cuisine. Étienne m'emmène chez lui. Il habite une petite maison située à une vingtaine de mètres seulement du restaurant. On entre directement dans le salon, avec la télé bien en évidence, et, contre un mur, un lit qui va devenir le mien. En levant la tête, j'aperçois une mezzanine.

– Je dors là-haut, me dit-il. Toi, tu dormiras dans ce lit contre le mur. Il est un peu vieux, mais confortable. Tu peux déballer tes affaires et t'installer.

J'ouvre mon sac, d'un coup les larmes se mettent à couler sans que je puisse les arrêter. Je me mets à parler, seulement interrompue par les sanglots. Je raconte ce qui se passe chez moi, Étienne a l'air ahuri, sonné, il n'arrive pas à croire ce qu'il entend. « Mon cousin ? Comment c'est possible ? Pourquoi il laisse faire ça ? » Il se prend la tête dans les mains, sa souffrance me bouleverse, me fait presque de la peine. Les larmes et les mots continuent à sortir. La pièce devient sombre, il fait presque nuit. Étienne a juste allumé une petite lampe au fond de la pièce. Il fume. Le noir devient gris, je me sens triste à mourir. Je pleure, de plus en plus fort, je vais me noyer dans mon chagrin. Alors, Étienne relève la tête.

– On va t'aider, Lucie.

– Mais comment ?

– Je vais appeler Marc tout de suite.

– Ça ne sert à rien de lui téléphoner, à rien. Ce sera encore pire pour moi après !

– Il faut que je lui parle, me répond Étienne d'un ton ferme.

Il quitte la pièce. Je reste là, dans le noir rempli de fumée, assise par terre, à côté de mon sac. Plus rien n'a d'importance. Je continue de pleurer toutes les larmes de mon corps. Si j'arrête, je vais mourir. J'y pense soudain, pour la première fois. J'ai envie de renoncer, je ne veux plus me battre, je n'en peux plus. Devoir en permanence me justifier, à table chez mes parents, ici chez mon cousin, et espérer que quelqu'un voudra bien de moi quelque part… Je m'épuise, me mine. À quoi bon ? Je n'ai que dix-huit ans, pas encore de diplôme, je n'y arriverai jamais. Je veux disparaître, ne plus être un problème pour personne. C'est ça, disparaître. Arrêter de survivre coûte que coûte. Mais je ne peux pas me tuer, je ne peux pas mettre fin à mes jours. Ce geste-là, je ne peux pas l'imaginer, mon cerveau s'y refuse, pourtant je veux mourir, m'éteindre doucement… Peu à peu, les sanglots s'espacent, on n'entend presque plus rien. Le silence envahit la pièce en même temps qu'un grand vide se fait dans tout mon être.

Étienne revient, il me regarde, l'air complètement retourné. Il est très agité.

– J'ai dit à ton père ce que tu m'as raconté. Il a nié en bloc.

– Ça ne m'étonne pas.

– Mais dis donc, tu n'es pas mytho, au moins ? Tu m'as dit la vérité, hein ?

– Bien sûr ! Évidemment ! je crie presque.

Je ne peux pas imaginer que mon cousin ne me croie pas.

– Ah, j'aime mieux ça, je savais bien que tu disais la vérité ! Mais il était tellement catégorique quand il disait que tu mentais que ça m'a quand même mis un doute.

– Tout est vrai et bien vrai, je vois pas comment je pourrais inventer un truc pareil !

Étienne arpente la pièce de long en large, le pas vif et l'air soucieux. Il regarde le sol, puis moi, et ainsi de suite. Autant d'allers et retours qui ne parviennent pas à le calmer.

– Mon cousin Marc, jamais j'aurais pensé ! Comment il peut laisser faire, sans rien dire ?

– Ma mère le menace, elle lui dit qu'elle le quittera s'il prend ma défense, il a peur.

– C'est un lâche, en plus je suis sûr qu'elle ne partirait pas !

– Il pense que ça vaut pas le coup d'essayer.

Étienne continue ses allées et venues dans la pièce, la tension ne descend pas, au contraire.

– Comment c'est possible ? Marc…

Partagé entre révolte et sidération, Étienne ne peut se calmer. Il se retourne et me fixe de ses yeux bleus.

– Lucie, tu peux rester ici tant que tu veux. On est là.

Nous rejoignons les autres dans la salle de restaurant. Je tremble, mes yeux se mouillent, les larmes ne sont toujours pas loin. De petites tables rondes sont disposées çà et là dans la pièce, chacune possède une bougie rendant l'ambiance presque intime. Les gens se regardent et sourient, heureux d'être là. La lumière tamisée, la chaleur des regards me ramènent à la vie. Dans la cuisine, l'ambiance chargée d'électricité contraste avec celle de la salle. Les visages se crispent, le ton monte par moments. Chacun reste concentré sur sa tâche. Patrice se charge de préparer les repas. Étienne ajoute la dernière touche avant que Carole apporte leurs plats aux clients. Patrice est très exigeant sur la présentation de l'assiette, tout doit être impeccable et esthétique. Si Carole emporte une assiette dans la salle sans son accord, il sort de ses gonds. Il a l'air dur, mais je ne suis pas effrayée, Patrice prend son travail très à cœur, il est perfectionniste. Je n'ai pas le temps de me poser plus de questions.

– Je vais te montrer comment marche le lave-vaisselle, me dit Patrice.

Je le suis de l'autre côté de la cuisine. Je m'attelle à la tâche, pas trop compliquée, mais un peu physique pour moi. Patrice m'encourage à porter un maximum d'assiettes à la fois pour éviter de faire trop de trajets entre l'évier et le lave-vaisselle. C'est lourd. Je ne dis rien, je veux donner l'image d'une fille forte. Il s'en rend compte.

– Au début, tu trouveras ça lourd, c'est normal, mais tu vas t'habituer et tu deviendras costaude.

Je continue mon travail sans faiblir, ça me fait du bien. Ma tête se vide de ses pensées noires. J'écoute Patrice, je regarde autour de moi, je m'imprègne de cette atmosphère salvatrice.

Le temps passe à une vitesse folle. Les clients sont partis, tout est rangé, nettoyé. Nous pouvons dîner, mais Étienne et Patrice n'ont pas faim, je n'en reviens pas. Après avoir vu passer ces magnifiques assiettes, je vais enfin pouvoir y goûter. Je vois bien que pour eux, c'est normal. Je n'y croyais pas au début, je me disais que tous ces plats étaient réservés aux clients, ceux qui ont payé pour les avoir, ceux qui les méritent. Lorsque Patrice m'apporte une assiette qu'il a préparée avec autant de soin que si elle était pour un client, j'ai l'impression de rêver, je fais des efforts pour cacher mon trouble. Je me suis déjà assez fait remarquer à mon arrivée ; j'ai envie de devenir l'une des leurs.

Carole, Étienne et Patrice discutent de la soirée : il y avait du monde, les gens ont apprécié la cuisine et l'ambiance. L'équipe se détend. J'essaie aussi, mais c'est justement dans ces moments-là, lorsque le calme pourrait venir, que les angoisses ressurgissent, que je retourne là-bas en pensée et que tout redevient noir. Alors je me concentre, je regarde autour de moi : les bouteilles d'alcool aux belles étiquettes disposées sur une étagère derrière le bar, les magnifiques poutres au plafond, le mobilier rustique mais pas vieillot. J'écoute les conversations… Oui, je vais être bien ici. Après ce que j'ai vécu, je suis presque étonnée d'imaginer me sentir bien quelque part.

Le lendemain, je me réveille tard, l'essentiel du travail s'est fait le soir. J'arrive vers 9 heures dans la grande salle, je m'installe au bar pour le petit déjeuner. Patrice me montre comment préparer les cafés des clients et un vrai chocolat chaud avec la machine derrière le bar. Je m'y reprends à plusieurs fois. Je n'ai jamais bu de chocolat chaud si délicieux, je le savoure. Quelques tartines plus tard, je questionne Étienne sur les tâches à accomplir, je suis aussi là pour bosser, je ne l'oublie pas.

– En général, c'est moi qui passe l'aspirateur et la serpillière tous les matins dans la salle ; si tu veux, tu pourras le faire de temps en temps. Mais aujourd'hui, je préfère que tu ailles aider Carole aux chambres. Elle va tout t'expliquer.

– OK, j'y vais.

Carole semble détendue, elle travaille, elle rit. J'apprécie son apparente sérénité, en décalage avec cette tension qui ne me quitte pas.

Au fil des jours, Patrice commence à moins m'impressionner. Derrière la façade sévère, on pourrait presque trouver de la douceur. Il m'apprend beaucoup de choses, ça m'aide à me sentir mieux et à avoir confiance en moi.

On fait une bonne équipe. Il me passe les consignes, me parle avec bienveillance, je commence à travailler, je termine et j'en redemande. C'est pendant la période de creux que tout se complique, entre 15 et 18 heures, quand il n'y a rien à faire. La vie « là-bas » me revient en pleine figure. Le noir m'engloutit et je me sens mal, tellement mal que j'ai envie de tout lâcher.

Un jour, pendant un de ces moments, mon père me téléphone. Je ne veux plus rien ressentir après ce coup de fil. Je traverse la cuisine, pensant regagner ma chambre.

– Aller pleurer seule dans un coin, ça ne sert à rien. Je vais t'aider.

Patrice a vu ma détresse. Je n'ai rien à perdre, je ne vois pas comment je pourrais me sentir plus mal. Il faut que je m'occupe.

– Je vais décharger le lave-vaisselle.

– OK. Rappelle-moi ce que tu fais comme études.

– Un BTS commerce international.

– Eh bien, c'est parfait, ça, tu vas pouvoir rapidement te trouver un boulot ! Qu'est-ce que tu aimes le plus ?

– Le marketing, comme les deux tiers de ma classe…

– Alors, je vais t'expliquer comment on fait une étude de marché. C'est la base.

Le voilà qui prend une chaise et s'installe à un bout de table. Il noircit plusieurs feuilles de courbes, de tableaux, de commentaires… Patrice ne s'arrête plus et semble passionné par ce qu'il fait, son visage s'est littéralement transformé. Je me surprends à m'intéresser à ces feuilles griffonnées. Je sais bien que j'ai besoin d'un diplôme rapidement pour travailler et gagner ma vie. Je vois à présent les choses sous un autre angle, peut-être vais-je trouver ma voie et faire un boulot qui me plaît ? Tout me semble soudain possible. Mes yeux ne brillent certainement pas autant que ceux de Patrice, mais la flamme est revenue, je le sais. Je vais m'accrocher et m'en sortir. Je relève la tête.

– Ça va aller maintenant, merci.

– J'espère bien que ça va aller ! répond-il.

Je récupère les précieuses feuilles et quitte la cuisine. J'ai besoin d'être seule, de lire pour me remettre de mes émotions. Pour laisser de nouveau germer profondément en moi cette idée d'un avenir plus clément.

Les jours s'enchaînent, rythmés par les tâches habituelles qui me permettent de chasser l'angoisse toujours prête à me ronger. La bonne humeur générale, plutôt propice aux plaisanteries, m'aide aussi à me sentir bien. Carole me livre ses états d'âme, elle peine à faire comprendre à Patrice l'importance de sa famille dans sa vie, le fait qu'elle ait besoin de la voir souvent. Je parle peu de la mienne avec elle, je préfère profiter du moment présent, nos discussions reflètent l'esprit de la petite communauté dans laquelle nous vivons et dont je fais partie. Ça fait vraiment du bien de ne plus être « en dehors » ou « contre », de ne plus avoir l'obligation de se battre pour pouvoir s'exprimer. Les blessures à vif cicatrisent peu à peu jusqu'à ce que le moment du départ approche.

Étienne souhaite que je reste plus longtemps, que je demande à mon père de prolonger mon séjour. Il est prévu que je rentre quelques jours à Garfeuil pour ensuite aller passer une semaine au bord de la mer à Biarritz chez un oncle et une tante.

– Je peux appeler ton père, tu peux rester tout l'été ici, jusqu'à ta rentrée en septembre.

– Je dois aller chez d'autres cousins, je peux pas annuler, c'est organisé comme ça !

– Et alors ? Tu as le droit de changer les choses si ça ne te plaît plus et que tu préfères rester ! T'es bien ici, non ?

– Oui, ça, c'est sûr !

– Eh bien alors, qu'est-ce qui t'empêche de rester ?

La question se pose plutôt ainsi : qu'est-ce qui m'oblige à rentrer chez mes parents ? Une véritable bataille se livre dans ma tête, puis la bonne décision m'apparaît clairement. J'irai chez mes cousins comme prévu. Mes parents et ma tante se sont arrangés sans me demander mon avis. Mieux vaut ne pas les contrarier.

– J'irai chez les cousins fin août, mais sans repasser chez mes parents.

– Comme ça tu restes plus longtemps ici !

Les derniers jours se succèdent, semblables les uns aux autres, pourtant ils ont une saveur particulière. Mon cœur se serre à l'idée de quitter Étienne, Patrice et Carole. Quelque chose d'important s'est passé ici. J'ai trouvé du soutien. J'ai goûté à une certaine forme de liberté, j'ai la preuve qu'on peut vivre autrement qu'avec la peur au ventre.

Vient l'heure de partir à Biarritz. Une fois de plus, j'ai le sentiment de naviguer à vue. À la gare de Modane, en attendant le train, Étienne me tend un cadeau : un CD de U2 avec un petit mot à l'intérieur. Ces quelques lignes me bouleversent. Vingt ans plus tard, ce CD m'accompagne toujours, il a survécu à mes innombrables déménagements. Étienne m'a défendue face à mon père, il lui a tenu tête et s'est finalement brouillé avec lui. On s'embrasse, le regard chargé d'émotion, et je monte dans le train.

Arrivée à destination, une drôle d'impression m'envahit, se muant en un profond sentiment de malaise au fur et à mesure que le train s'immobilise. La vue de ma tante sur le quai a certainement déclenché ma gêne. Je me souviens de la façon dont les choses se passent avec Édith : tout est écrit, programmé d'avance, chacun doit suivre la route tracée par la famille, pas de sortie possible, pas de chemin de traverse. Il va falloir recommencer à faire semblant, surtout ne rien laisser paraître. Ma tante Édith ne ressemble en rien à son cousin Étienne. Est-ce que je peux être moi-même ? Les coins de sa bouche tirés à l'extrême en un sourire artificiel, son ton exagérément enjoué répondent d'emblée à ma question : je suis sa nièce, issue donc moi aussi d'une « bonne famille », et, dans ce genre de famille, il n'y a jamais de problème car ce sont tous des gens « bien comme il faut ».

Trouver les mots

Dix mois se sont écoulés depuis l'assignation et nous avons rendez-vous chez Me Latour. Il nous a fait venir car il faut commencer à préparer la plaidoirie qui aura lieu bientôt. Il est plutôt satisfait par les attestations que nous lui avons fournies. Mais il en manque une.

– Et votre sœur Estelle ? Elle vous l'a faite ?

– Non, toujours pas. Je ne peux pas imaginer me présenter le jour de la plaidoirie sans qu'elle figure dans le dossier.

– Le temps nous est compté…

– Elle finira par me la faire, je garde espoir.

Puis Me Latour s'adresse à Arnaud :

– Monsieur, je vais vous demander de sortir, il faut que je parle à votre femme.

L'angoisse me comprime l'estomac, on ne va pas parler de la pluie et du beau temps, je le sais bien.

– Le sujet est évoqué dans l'assignation et dans certaines attestations : j'ai besoin de savoir ce qui s'est passé avec votre grand-père maternel, ce qu'il vous a fait, pour orienter au mieux ma plaidoirie. Il faut que je sache dans quelle direction je dois aller.

*

Nous arrivions toujours en retard à cause de mon père. Mon grand-père lui faisait des remarques, mais il n'y prêtait pas attention puisqu'il recommençait la fois suivante… Nous passions directement à table.

– Depuis le temps qu'on vous attend ! râlait mon grand-père.

Pour l'entrée, ma grand-mère préparait souvent une tourte à la viande ou aux champignons. Je me régalais.

– Mamie, qu'est-ce que tu as mis comme viande dans ta tarte ?

– Oh, tu sais, j'ai mis des restes…

– C'est super bon !

Les conversations tournaient souvent autour de Sylvain ou de mon père au début. Je n'écoutais pas trop, je mangeais tranquillement avec tout le monde. Puis venait le plat principal, une viande en sauce en général. Je découvrais ce qu'était une sauce. Je me resservais toujours. Si j'avais encore faim ? Je n'en savais rien, c'était bon, c'est tout. Ma grand-mère commençait à me poser des questions sur l'école, je pouvais dire que j'aimais ça et que je travaillais bien. Je n'étais pas rabaissée, ça me changeait. Elle s'intéressait aussi à mes sœurs, et c'était déjà le dessert. Gâteau ou fruits. Dans les deux cas, j'évitais le sempiternel yaourt premier prix qui clôturait tous les repas chez moi. Une fois le déjeuner terminé, ma grand-mère s'éclipsait immédiatement dans la cuisine et s'installait devant l'évier pour faire la vaisselle. Elle n'en bougeait plus jusqu'à ce qu'il n'y ait plus rien à laver. Jamais elle ne faisait d'allers et retours dans la salle à manger pour rapporter les assiettes et les plats, cette tâche nous revenait à Estelle et à moi. C'est à ce moment-là que le grand-père commençait son manège dans la salle à manger. Mes parents n'aidaient pas non plus à débarrasser, ils quittaient la pièce tout de suite après le repas pour aller dehors ou au salon boire leur café préparé par ma grand-mère. Mes autres frères et sœurs les accompagnaient. Estelle et moi restions donc seules avec le grand-père. Il commençait par me faire des chatouilles sur les avant-bras, puis les bras, « des guilis », il disait. Mais il avait un mauvais sourire qui m'effrayait, alors je me dégageais et allais vite porter la vaisselle à ma grand-mère. Je voulais l'aider. Mais elle préférait rester seule et il fallait retourner dans l'autre pièce. Au fur et à mesure que la pile d'assiettes diminuait dans la salle à manger, le grand-père se faisait plus pressant, les guilis allaient et venaient sur les jambes.

Alors je courais vers la cuisine, mais il n'y avait plus rien à ranger… Estelle réussissait à s'échapper dehors, moi il ne me laissait pas d'issue, il se tenait toujours devant moi et me barrait le passage. Avec brutalité, il me saisissait le poignet, et c'était fini, j'allais y passer, comme chaque fois.

Pourtant je continuais à me réjouir lorsque ma mère nous annonçait que nous irions déjeuner chez ses parents. Je ne pensais qu'à une chose : ma mère allait m'oublier le temps d'une journée. Elle me laisserait avoir une vie normale, être comme les autres, et, surtout, elle me laisserait manger à table avec tout le monde. Comme dans une vraie famille. Quelqu'un me parlerait, s'intéresserait à moi : ma grand-mère. Je savais que ma mère la laisserait discuter avec moi car elle faisait attention à ne pas montrer la noirceur de ses sentiments à mon égard. Je respirais pendant ce temps. Alors, oui, c'était la fête. J'oubliais le reste pour de bon. Il y avait un côté blanc avec le repas en famille, séparé par un grand vide – faisant office de frontière imperméable –, et cet autre côté noir, avec le grand-père. Et cette partie-là, monstrueuse, ne pouvait pas être en lien avec l'autre côté, régénérant et bienveillant, ce n'était pas possible. Alors ce noir n'existait plus. Comme amnésique, je pouvais profiter de cette ambiance familiale dont j'étais spoliée jour après jour. La plaie toujours plus vive ne cessait de s'agrandir, rendant viscéral le besoin que ça s'arrête, au moins le temps d'un déjeuner dominical, quand c'était possible. Mais j'allais payer cher, très cher, le petit arrangement bricolé par mon inconscient. Jamais je n'ai pu éviter le grand-père. Jusqu'au dernier moment, je croyais dur comme fer que tout irait bien, je ne voyais que le côté blanc. Alors ? Quand il m'attrapait le poignet pour m'emmener dans son bureau, cette phrase revenait dans ma tête : *C'est vrai qu'il y a ça aussi, j'avais oublié…* Mais c'était trop tard, la porte se refermait sur mon innocence.

– Cela a commencé quand ? me demande Me Latour.

– J'avais six ans, on venait de déménager à la campagne, à vingt minutes de chez mes grands-parents maternels.

– Et ça s'est passé combien de fois ?

Je compte, je fais l'atroce calcul.

– On y allait un dimanche par mois, voire deux, et ça a duré jusqu'à mes onze ans, alors une cinquantaine de fois environ…

– Comment ça s'est arrêté ?

– Un jour, en sortant des toilettes, alors qu'il m'attendait, une certitude absolue m'a traversée : il n'avait pas le droit, c'était grave ce qu'il faisait. Et quand je suis rentrée dans la pièce, je lui ai dit que c'était terminé, que plus jamais il ne me toucherait. Il a vu ma détermination et a compris que je risquais de parler, alors il a arrêté.

– Ce sont bien des viols. Des viols aggravés.

Viols aggravés. Gravés dans ma chair, indélébiles. Mon corps se disloque, morceau par morceau. Je ne le sens ni mouvant, ni articulé, ni vivant. Ma colonne vertébrale devient une barre de fer à laquelle s'accrochent deux bras et deux jambes. La barre de fer ne plie pas. Elle résiste. Mon corps désarticulé n'est que raideur ou douleur.

Me Latour poursuit :

– Et pendant ce temps, où étaient vos parents ?

– Dans le jardin ou au salon.

– Ils se trouvaient sur les lieux, vous étiez donc sous leur responsabilité.

Notre avocat dispose maintenant de tous les éléments pour préparer sa plaidoirie.

Dans la voiture, sur le chemin du retour, le manteau noir du dégoût me recouvre. Je ne sens toujours pas mon corps, il est comme anesthésié, dissocié de moi. Comme lorsque le grand-père l'utilisait pour son plaisir. Je m'y opposais, je refusais qu'il en prenne possession. Je me débattais de toutes mes forces, toujours en vain, alors au bout d'un moment, je lâchais, j'arrêtais de résister. J'allais être plus vite libre. À partir de là, je ne sentais plus rien, sauf cette barre de fer dans mon dos, et je devenais un vieux morceau de bois mort. J'attendais le temps qu'il avait décidé, puis il stoppait l'horreur et la vie revenait, avec cette question : *Pourquoi, pourquoi il fait ça ?* Et surtout l'autre interrogation : *Pourquoi personne ne dit rien ? Pourquoi personne n'entre jamais dans la pièce ? Et comment se fait-il qu'il sache parfaitement que personne ne va le déranger ? Pourquoi ne bloque-t-il pas la porte avec un fauteuil ? Pourquoi il est tranquille, lui, alors que moi j'ai peur ? Pourquoi il a le droit de faire durer la « chose » autant qu'il veut, alors que moi je pleure à l'intérieur, sans bruit ?* La barre de fer me tient droite comme le pantin de bois qu'il m'a fait devenir. Lui, il bouge, il vit, me viole, pendant que moi, je meurs à l'intérieur… Quand Monsieur décide que c'est fini, je cours, je me rue sur la porte en la laissant grande ouverte, je m'élance dans le couloir, puis dehors. De l'air, vite, de l'air ! Je reviens à la vie, mais la même question lancinante m'assaille et me vrille la tête : *Pourquoi ils laissent faire ?* Je regarde mes parents là-bas, tranquillement assis sur leurs chaises de jardin. *Pourquoi ils laissent faire ? Il a le droit de faire ça, alors ? Mais non, ce n'est pas possible, puisque moi je ne veux pas, si je ne veux pas c'est qu'il n'a pas le droit de me faire ça.* Je le sais au fond de moi, alors mon cœur saigne. Je ne cours plus, on m'a coupé les ailes.

Je marche vers mes parents et ma grand-mère. Le soleil radieux fait briller les feuilles des arbres et illumine tout autour de moi, je cligne des yeux.

« Va chercher ta sœur maintenant ! » a ordonné le grand-père. Tout devient noir puis blanc, le soleil ne faiblit pas. Je me tiens droite devant eux, tel un robot : « Bon-papa veut qu'Estelle aille le voir. » Je n'arrive plus à déglutir, ça y est, je l'ai dit. Je ne regarde pas ma sœur, je tourne la tête, puis je lève les yeux là-haut : les feuilles des arbres brillent toujours. Le soleil et le chant des oiseaux m'étourdissent quelques instants. Puis je baisse la tête doucement, je regarde le sol recouvert de petits cailloux et je vois les pieds d'Estelle là-bas, elle avance lentement, deux pas encore et elle va passer la porte d'entrée. Je ferme les yeux, tout devient noir, ça tourne, les chants des oiseaux se transforment en un atroce bourdonnement, je vacille. Une chaise à portée de main, quelques minutes, je rouvre les yeux : c'est fini, personne n'a rien vu ou n'a rien voulu voir, une fois de plus.

Après j'ai oublié. L'horreur s'est volatilisée, comme évaporée. On a continué à nous emmener chez les grands-parents, l'ogre ne m'approchait plus. Les années ont passé jusqu'au jour où c'est revenu, comme ça, brutalement. J'avais treize ou quatorze ans, j'étudiais, Estelle lisait un magazine de cheval, assise sur son lit. Nous partagions encore la même chambre. Sans raison particulière et sans regarder ma sœur, je me suis mise à parler du grand-père.

– À moi aussi, il l'a fait, a répondu Estelle.

J'ai lâché mon cahier et je me suis tournée vers elle :

– Alors c'est bien vrai, c'est bien arrivé, c'est pas un vieux cauchemar qui revient me hanter…

Estelle et moi n'avons plus parlé pendant quelques minutes. Une éternité. Puis j'ai repris mon cahier d'histoire : la Chine de Mao Tsé-toung ; je me suis replongée dans les dates avec détermination et acharnement. Il fallait que je me concentre sur mon prochain contrôle pour oublier.

Madeleine

Aujourd'hui, je relis l'attestation de ma plus jeune sœur, même si je l'ai transmise il y a longtemps à Me Latour. Madeleine, que j'aime de tout mon cœur, mais dont j'ai été séparée très tôt.

*

Quelle joie lorsque mes parents nous annoncent la naissance de notre petite sœur dans quelques mois ! J'ai huit ans. Le bonheur me remplit tout entière. Voilà enfin ce qui va nous permettre d'avoir une vraie vie de famille. Impossible de continuer à malmener l'un de ses enfants et de bien s'occuper d'un bébé ! Ce bébé, mes parents nous l'ont annoncé les yeux brillants, pleins d'amour. Je suis sauvée : le cœur de ma mère est irrigué par de l'amour, je le vois. Pendant la grossesse, elle nous explique qu'elle doit s'allonger pour le bien de l'enfant et qu'Estelle et moi devons nous occuper de la maison. Nous devons passer l'aspirateur régulièrement, étendre et ramasser le linge, balayer la cuisine après le repas, etc. Nous le faisons de bon cœur en pensant à l'événement à venir.

La naissance arrive. Madeleine est magnifique, avec de grands yeux noirs, « ronds comme des billes », commente mon père. Je veux la prendre dans mes bras, je l'aime tant déjà. J'ai besoin d'être avec elle, ma mère continue à me fusiller du regard, je profite de ses absences pour aller voir Madeleine. Ma mère ne s'occupe bien que du bébé et se plie aux quatre volontés de Sylvain. Je répare les trous dans mon cœur en faisant rire Madeleine, en embrassant ses joues rebondies, en plongeant mes yeux dans les siens, plus rien n'existe alors autour.

Mais un jour, ma mère m'interdit l'accès à la chambre de ma plus jeune sœur. Je n'ai plus le droit de m'occuper de Madeleine, c'est comme ça, un point c'est tout. Le manteau noir revient et pèse lourd sur mes épaules. Mon cœur se fend encore un peu plus.

Les corvées, annoncées comme temporaires pendant la grossesse, prennent elles aussi un caractère définitif. Le linge devient exclusivement notre affaire. Après l'étendage et le ramassage, il faut trier et repasser à présent. J'ai neuf ans et Estelle sept. Qu'importe ! « Les filles vont faire ! » La pile de linge que nous venons de remonter est démesurée. Je m'assois sur le lit et commence à séparer les vêtements à ranger de ceux qui sont froissés.

– C'est moi qui repasse ! me lance Estelle.

Ça tombe bien, je déteste ça, je n'arrive jamais à venir à bout des plis récalcitrants. Le résultat ne me satisfait pas et m'inquiète. Si ce n'est pas bien fait, que va dire ma mère ? Estelle, elle, accomplit les tâches quotidiennes car nous n'avons pas le choix, mais elle se moque de ce que pense notre mère. Je lui tends plusieurs chemises qu'elle repasse pendant que je plie le reste du linge. Soudain, Estelle laisse tomber le fer, le visage crispé par la douleur. Ma petite sœur ne crie pas, ne pleure pas, ne se plaint même pas. Juste cette phrase :

– Lucie, je crois que je me suis brûlée.

Deux grosses cloques apparaissent déjà sur la moitié de son avant-bras. Deux triangles boursouflés. Nous ne savons pas comment soigner la blessure. Je sens la colère et la rage me gagner. Nous mesurons toutes les deux la même taille, et nous n'avons ni l'âge ni la corpulence pour accomplir ces tâches. J'en prends conscience dans l'instant, alors je me lève d'un bond, je me plante devant la porte de la chambre de ma mère et je crie que plus jamais nous ne repasserons les chemises de notre père parce que Estelle s'est brûlée ! La porte reste close. Personne ne vient s'occuper de son bras… Elle guérira seule, mais gardera très longtemps des cicatrices.

Durant toute son enfance, Madeleine reste avec notre mère. Celle-ci la couve, la cajole tellement que parfois ma sœur manque d'air. Ma mère lui fait comprendre qu'elle ne doit pas m'approcher, pour son bien. Madeleine suit son conseil, si bien qu'elle me malmène aussi. Du haut de ses huit ans, elle me traite de « salope », un jour, devant ses amies. Ce coup de poignard dans mon ventre n'est pas causé par l'insulte elle-même, mais par le fait que ma mère a réussi quelque chose de terrible : Madeleine ne me respecte pas, je ne suis rien pour elle, juste une chose qu'il convient de maltraiter. Ce jour-là je n'ai rien pu répondre, le chagrin m'a ravagée et je suis retournée dans ma chambre avec mes livres.

Madeleine et moi avons grandi dans la même maison, loin l'une de l'autre, avec une barrière entre nous, une barrière vivante : notre mère. Peu à peu, j'ai vu dans les yeux de ma plus jeune sœur autre chose que de l'amour fraternel, une sorte de profond mépris. Celui qui remplit le regard de mon frère quand il s'adresse à moi. L'aversion de ma mère pour moi les contamine. Cinq ans après Madeleine naît Valentin. Ce frère, je ne le connaîtrai pas, ma mère m'interdit de l'approcher dès le début. De ma chambre, je tends l'oreille pour percevoir cette petite vie là-bas, dans une autre chambre. Parfois je l'entends pleurer ou babiller, comme derrière un voile.

Comme si on ne faisait pas partie de la même famille…

Lorsque mes parents me mettent à la porte, Madeleine vient d'avoir dix ans, Valentin cinq. Mon départ brutal marque profondément ma sœur. Elle ressent comme un manque et finit par comprendre la gravité du comportement de mes parents. Quelques années plus tard, elle me téléphone en cachette, quel bonheur de l'entendre ! Nous pouvons enfin parler librement ! Mais elle se fait prendre et ma mère la punit sévèrement. Elle n'appelle plus jamais de la maison. Loin de se résigner, elle trouve un autre moyen : la cabine téléphonique du collège pendant les récréations. Un sursis de quelques semaines, quelques mois. Là aussi, elle finit par se faire démasquer. Elle n'a pas pu mentir à mes parents qui la questionnaient sans relâche, elle a avoué maintenir une relation avec moi. La sentence a été d'une clarté terrifiante : « Plus jamais de contact avec ta sœur Lucie. » Face au mur de l'autorité parentale, Madeleine a dû courber la tête pour ne pas se construire un avenir trop noir à la maison. L'absence, le manque ont repris le dessus. Le trou dans nos cœurs s'est agrandi. Années perdues à jamais.

Depuis l'année de mes seize ans, nous n'allons plus chez mes grands-parents maternels. Mes frères, mes sœurs et moi ignorons les raisons de cette décision. Les viols que je subissais ont cessé depuis plusieurs années. Ce n'est donc pas lié. Que se passe-t-il ? Maintes et maintes fois, mon frère aîné interroge mes parents, en vain. Alors Sylvain commence à écouter aux portes, enfin « au plancher ». Dans sa chambre, il soulève la moquette, plaque son oreille sur un petit trou dans le bois, et il entend les conversations. Au bout d'un certain temps, sa patience paie, il a enfin compris ce qui se passe. Ce jour-là, Estelle et moi faisons de la pâtisserie : des truffes. En général, ce dessert est plutôt confectionné à la période de Noël mais la douceur du printemps ne nous empêche pas de nous lancer. L'ambiance est bonne à la cuisine, je suis seule avec Estelle, nous profitons d'un rare moment d'absence de ma mère. Brusquement, le charme est rompu par l'entrée fracassante de Sylvain :

– Je sais pourquoi les parents ne veulent plus qu'on aille chez bon-papa et mamie ! C'est parce que bon-papa a abusé de Madeleine !

Je regarde mon saladier rempli de pâte, j'ai une soudaine envie de vomir. Je quitte la pièce, cours dehors, crie, pleure. Je suis révoltée, écœurée, anéantie. Un atroce sentiment de culpabilité m'envahit. Je sais que ce n'est pas ma faute s'il est arrivé ça à Madeleine aussi, pourtant je me sens très mal, tout tourne autour de moi. Estelle crie aussi. Je dois aller voir Madeleine, il faut qu'elle comprenne que c'est un salaud, que ce qu'il a fait est très mal et très grave. Elle n'a que neuf ans, j'en ai dix-sept et Estelle quinze. Je me sens seule, une grande responsabilité pèse sur mes épaules d'adolescente. Je trouve Madeleine dans le jardin et lui raconte ce que vient de nous révéler Sylvain. Je lui apprends qu'Estelle et moi avons aussi été victimes du grand-père. Je veux savoir si elle a bien compris la gravité des actes qu'elle a subis. Elle s'énerve un peu, m'envoie balader en me disant que bien sûr elle a compris. Je ne suis pas rassurée pour autant. Je pense qu'elle se rend compte qu'il a fait quelque chose de mal, mais elle a neuf ans, et je vois bien qu'elle ne peut pas encore comprendre l'horreur de la situation. En colère, elle tourne les talons. Une profonde angoisse me submerge, je ne peux pas l'aider, je ne sais pas comment l'aider. Elle ne veut plus en parler. Et mon autre sœur ? Comment va-t-elle ? Elle est plus âgée, mais quand même…

– On peut en discuter, Estelle ?

– Non, moi, ça ne m'a rien fait !

Elle monte dans sa chambre en courant puis claque la porte. Pendant de longues années, elle ne voudra pas aborder le sujet. Moi non plus je ne pourrai pas en parler.

Je reste plantée là, toute seule, en plein cauchemar. La honte et la culpabilité ne me lâchent pas. Je suis désespérée en pensant à mes jeunes sœurs qui ne vont pas bien. Qui va s'occuper d'elles ? Qui va les aider à surmonter l'abomination dont elles ont été victimes ? Personne. J'ai le cœur déchiré, le corps inerte. Physiquement, je ne ressens presque rien depuis des années, je suis comme morte. Je souffre de l'intérieur.

Quand ma mère va savoir pour Estelle et pour moi, elle viendra nous parler et nous aider. Il ne peut pas en être autrement. En attendant, je rejoins ma sœur dans sa chambre. Assise sur son lit, elle se tourne vers moi :

– Demain, je dirai à papa qu'à nous aussi le grand-père a fait ça. Je dois aller l'aider dans les champs, on pourra parler.

Le lendemain en fin de journée, j'entends le tracteur, signal du retour des champs d'Estelle et de mon père. Il a l'air bouleversé. Il va annoncer à ma mère ce qu'il vient d'apprendre, c'est évident. Le cœur battant, Estelle et moi montons à l'étage pour observer par la fenêtre la réaction de ma mère. J'attends beaucoup de cet instant, je vais savoir ce qu'elle ressent à mon égard. Mon père parle. Ça y est, il lui a dit. Ma mère ne réagit pas. Elle tourne les talons, la discussion est close. Je m'assois sur mon lit et j'attends. J'attends ma mère, la seule qui, dans ce terrible moment, pourrait m'aider. Cet horrible passé nous dévore, mes sœurs et moi.

Cela fait plusieurs heures que je l'attends, assise sur mon lit, sans bouger. Je ne peux rien faire, je reste prostrée. Je comprends qu'elle ne viendra pas.

Ne sachant pas comment vivre avec « ça », je vais inconsciemment faire le maximum pour que ces actes ignobles ne reviennent plus me hanter. Je vais tout enterrer de nouveau, sans avoir jamais pu faire face à ce qu'il m'a fait. Mon corps va devenir un étranger, parfois même un ennemi.

Madeleine raconte dans son attestation l'horreur et la tyrannie avec ses mots :

> *J'ai vécu toute mon enfance au milieu de cris permanents, causés par l'attitude violente de ma mère envers ma sœur Lucie, sans que j'en comprenne jamais l'origine. Ma mère ne tolérait pas sa présence à ses côtés, cherchait toujours un prétexte pour l'exclure des repas et la renvoyer seule dans sa chambre. Lucie ne mangeait pas avec nous, elle devait prendre ses repas de midi seule, vers 16 heures, lorsqu'il n'y avait plus personne dans la cuisine. Le soir, elle pouvait dîner quand j'étais couchée et que mes parents regardaient la télé. Ma mère avait des mots très durs envers Lucie, la rabaissait, ne lui témoignait jamais d'amour, mais au contraire, une forme de haine qui m'horrifiait. Estelle tentait parfois de prendre la défense de Lucie en pleurant. Nous ne comprenions pas ce que Lucie faisait de mal, ni*

ce qui justifiait les déferlements de colère ou de rage qu'elle subissait.

Mon père a, de plus, joué un rôle ambigu dans la famille : lorsqu'il était seul avec nous, ses filles, il nous donnait l'espoir d'être un père normal. Il semblait n'avoir rien à reprocher à Lucie, et au contraire, nous suggérait parfois que c'était sa fille préférée. C'était déstabilisant pour Estelle et moi tout en redonnant de faux espoirs à Lucie, qui espérait que notre père serait capable d'assainir l'ambiance familiale. Quand ma mère était présente, il changeait radicalement, il abondait dans son sens, finissait par crier lui aussi sur Lucie et enfonçait la famille dans l'horreur. Jamais il n'a pris la défense de Lucie face à notre mère, au contraire. Autour de ce père dont l'attitude était incompréhensible, se sont alors créés deux clans dans la famille.

D'un côté, Estelle défendait Lucie, elle ne supportait pas l'injustice dont sa sœur était victime, et sa souffrance semblait elle aussi immense. Estelle se battait pour qu'on garde à manger à Lucie. D'un autre côté, j'ai été embrigadée dans le camp de ma mère, de même que mes frères Sylvain et Valentin. Ma mère était gentille avec nous et, depuis ma petite enfance, me faisait comprendre que je serais d'autant plus aimée d'elle que je détesterais Lucie. C'était une forme très vicieuse de chantage affectif, qui m'a poussée souvent à avoir une attitude méchante envers Lucie. Je n'ai pas eu le droit d'aimer ma sœur comme j'aurais eu envie de l'aimer. À contrecœur, j'ai fait le choix de la rejeter parce que c'était le seul moyen de recevoir l'affection de ma mère.

Nous avons vécu tellement de scènes violentes et traumatisantes que je ne pourrais pas toutes me les remémorer. Même après que Lucie a été forcée de quitter la maison, les rares moments où nous la retrouvions faisaient ressurgir la violence. Je me souviens d'une journée qui m'a profondément marquée. Lucie avait vingt et un ans et vivait à Valence avec son mari. Je revenais d'un séjour en Autriche avec mes parents (Valentin, trop jeune, avait été confié à des amis) et, pour nous reposer de notre trajet en voiture avant de reprendre la route, Lucie et Arnaud avaient accepté de manger avec nous dans un restaurant de Valence. Nous ne voyions quasiment plus Lucie, une fois par an, il me semble, mais à cette époque, elle espérait encore que les relations familiales puissent s'apaiser. Elle ne s'était pas encore résolue à couper définitivement les ponts avec mes parents. Mon père s'est adressé avec de plus en plus d'agressivité à Lucie, en lui reprochant de ne pas revenir le voir plus souvent à la maison. Cette attitude me rendait folle puisqu'il était responsable de la situation, lui qui a laissé notre mère forcer Lucie à quitter la maison ! Cette idée lui était maintenant insupportable. Il réclamait donc à Lucie de revenir à la maison comme si rien ne s'était passé. En sortant du restaurant, il a finalement attrapé Lucie par les deux bras, décrétant qu'il ne la lâcherait pas si elle ne revenait pas tout de suite à la maison. Il criait, et certains passants dans la rue ont commencé à s'arrêter pour regarder la scène. Arnaud a haussé le ton et ma mère s'est mise à avoir peur que quelqu'un appelle la police. Alors il s'est résolu à lâcher Lucie, qui a pu vite repartir avec son mari. J'ai assisté à cette scène, tétanisée et impuissante. J'avais treize ans. Ce n'est qu'un exemple parmi tant d'autres.

Quand j'ai été étudiante à Tours, j'ai repris contact avec Lucie. De nouveau, ma mère m'a reproché d'avoir renoué avec ma sœur. Elle m'a dit que je la « décevais », puis finalement que je ne devais plus revenir à la maison si j'avais des contacts avec Lucie : aimer ma sœur, c'était trahir ma mère, aimer les deux était incompatible. Alors quand Lucie a accouché de son deuxième enfant, je suis allée la voir en secret chez elle. Lucie comprenait mon attitude et mon dilemme. Elle prenait les choses comme elles étaient, appréciant ma démarche et comprenant que je ne puisse me résoudre à me détacher de ma mère.

Le comportement odieux de mes parents a atteint son paroxysme lorsque les actes du grand-père incestueux ont été révélés. Quand ils ont su que Lucie, Estelle et moi avions été victimes de notre grand-père maternel, ils n'ont rien fait. Certes, nous ne sommes plus allés chez lui, mais jamais ils ne nous ont parlé, à nous, de ce que nous avions subi. Ils n'ont pas cherché à savoir dans quel état moral nous nous trouvions ni à nous apporter un quelconque soutien psychologique. Ils n'ont pas voulu porter plainte contre le grand-père incestueux. Ils se sont justifiés en disant vouloir préserver la réputation de la famille alors qu'un procès contre le grand-père aurait aidé leurs filles à comprendre la gravité des actes dont elles avaient été victimes, et à se reconstruire. En revanche, ils font à présent un procès à leur propre fille sans se soucier qu'il contribue par là même à nous détruire.

Ma sœur Estelle est la seule à n'avoir pas réussi à quitter la maison familiale. J'ai vu son état se dégrader d'année en année. C'est moi qui ai dû l'aider à franchir le pas avant qu'il soit trop tard, et qui ai dû prendre la décision, avec un oncle et une tante, de l'emmener dans un hôpital psychiatrique. Elle devra apprendre à se reconstruire loin de nos parents toxiques.

Pour finir, mes parents m'ont beaucoup menti depuis mon enfance et la dernière fois a eu raison du reste d'affection que je leur portais encore. C'était l'année dernière, j'avais emménagé à Lille avec mon fiancé et nous avions décidé de nous marier l'été suivant. Je suis revenue le temps d'un week-end pour évoquer l'organisation et les premiers préparatifs de mon mariage. Dès mon arrivée, mon père m'a parlé d'un papier important qu'il devait me faire recopier et signer et s'est montré pressant. C'était un petit texte affirmant que depuis la révélation des viols de mon grand-père, nous n'étions plus allés chez lui. Il comportait aussi une mention comme quoi le signataire pouvait être poursuivi s'il ne disait pas la vérité. J'ai d'emblée été méfiante et réticente à l'idée de signer ce document. J'ai demandé à mon père à quoi il allait servir et il m'a répondu que c'était pour une médiatrice qui en avait absolument besoin pour démarrer une médiation avec Lucie. J'ai alors demandé à mon père le numéro de téléphone de la médiatrice pour que je puisse vérifier ses dires. Mon père s'est énervé, il n'a pas voulu me donner le numéro. Il m'a dit que je devais lui faire confiance, signer ce papier, et qu'on pourrait ensuite préparer mon mariage. Je l'ai averti très clairement que je ne voulais pas être mêlée à sa relation avec Lucie et que je ne voulais pas qu'il fasse de démarches contre elle. Je lui ai fait jurer que ce papier n'avait rien à voir avec la justice et ne serait pas utilisé contre Lucie. Il me l'a juré en me regardant droit dans les yeux. Mais je ne voulais toujours pas recopier et signer ce texte ; je m'y suis opposée. Alors ma mère n'a plus voulu me parler et mon père n'a pas décoléré. Je n'ai pas eu le choix, pour pouvoir préparer mon mariage en paix, il fallait que je signe, c'est ce que j'ai fait, à contrecœur. Quelque temps plus tard, c'est Lucie qui m'a relu au téléphone ce papier signé de ma main, il faisait partie du dossier à charge monté par mes parents pour le procès qu'ils intentent contre elle et son mari. Mon père m'a trahie et m'a fait du chantage en me faisant espérer qu'il m'aiderait à organiser mon mariage. Il utilise à ses fins les crimes atroces dont ont été victimes ses filles. Il en a manipulé une pour attaquer l'autre en justice. Mes parents ont élaboré un effrayant mensonge, disant que Lucie faisait un transfert de personne et de lieu : traumatisée, ma sœur se serait trompée de coupable. Selon mes parents, Lucie leur en veut à eux au lieu d'en vouloir à son grand-père.

Pour nous, c'est comme être victimes une fois de plus.

Le cœur serré, je referme l'attestation de Madeleine.

Dire que j'ai longtemps admiré mon père et que j'ai cru en lui. Physiquement, il m'impressionnait, ses mains en particulier. Je n'en ai jamais vu d'aussi grandes et d'aussi larges. Lorsqu'il revient des champs avec du cambouis sur les doigts, il utilise de la lessive pour les nettoyer. De la corne recouvre la surface de ses paumes et de ses doigts, le détergent les nettoie sans les irriter. Ses mains me font peur. Il s'en sert pour me menacer parfois. Quand quelque chose le met en colère, il les serre l'une contre l'autre, comme pour les retenir.

Mon père ne sait pas marcher sans faire d'immenses enjambées. Toujours chaussé de bottes, il se déplace rapidement dans ses champs. Un jean et un polo remplacent le bleu de travail des ouvriers. Mon père ne veut pas en entendre parler, il le trouve dégradant. Sa casquette vissée sur ses cheveux noirs, hiver comme été, ne l'empêche pas d'afficher un teint hâlé toute l'année. Ses yeux n'en paraissent que plus bleus. Un bleu d'acier lorsqu'il s'énerve, un bleu presque transparent lorsqu'il est triste. Le travail manuel lui a sculpté de larges épaules et les kilomètres quotidiens sur ses terres le maintiennent svelte. Il aurait pu être ce père formidable dont rêvent les enfants, ce père grand et courageux qui protège de tous les dangers, ce père aimant et attentionné. Ce père-là, j'ai longtemps pensé que ça pourrait être le mien.

Deuxième partie

Sortie du huis clos familial

Expulsée

De retour de Biarritz l'été de mes dix-huit ans, je me sens parachutée chez moi. Je souhaite seulement que ma mère me laisse rester à la maison durant les quinze jours qui précèdent ma rentrée en deuxième année de BTS. En début de soirée, je suis à peine arrivée que les cris, déjà, brisent le silence. Des cris qui déchirent. Des cris qui laminent tous les espoirs. Des cris qui viennent des tripes et trahissent une inextinguible haine pour celle que je suis, sa fille.

– JE VEUX QU'ELLE S'EN AILLE !

Ma mère ne cesse de s'égosiller dans la cuisine. Cette phrase répétée comme une litanie, après tout ce temps, me fait l'effet d'un couperet. Je m'effondre dans ma chambre. Estelle me trouve couchée par terre à côté de mon sac. C'est tout ce qu'il me reste. Je pleure jusqu'à l'épuisement. Ma rage de vivre s'évanouit. Les sanglots prennent le dessus, je ne vois pas d'issue. Pas de lumière, juste un grand trou noir. Estelle, aussi triste que moi, ne trouve pas les mots. Elle aussi pleure. Le regard fuyant, elle quitte la chambre. Elle ne peut pas supporter l'impensable. Sa sœur, foutue dehors ! Mais pourquoi ?

– IL FAUT QU'ELLE S'EN AILLE ! IL FAUT QU'ELLE S'EN AILLE !

Ma mère hurle et la peur, une peur immense, me saisit et me fait me relever d'un coup. Je dois quitter les lieux au plus vite avant que tout bascule. *J'ai peur que Corinne fasse une bêtise*, les propos de mon père me reviennent en tête. Après plusieurs mois durant lesquels ma mère s'est habituée à mon absence, elle n'arrive plus aujourd'hui à canaliser sa folle haine… Estelle est de retour dans la chambre.

– Va vite chercher le téléphone !

Elle court dans l'escalier. Toujours les cris de ma mère, tant mieux, ma sœur peut prendre le combiné dans le bureau de mon père sans attirer l'attention. J'appelle Axel.

– C'est Lucie. Axel, je vais avoir besoin que tu m'héberges.

– Pas de problème, je te l'avais promis.

– Je ne pensais pas t'appeler si tôt, la rentrée est seulement dans quinze jours, je suis désolée…

– Mais non, c'est bon. Je fais les vendanges, mais je vais demander à Romain de venir demain pour t'apporter les clés, pour ce soir c'est trop tard.

– Axel, je suis désolée de vous bousculer, mais je ne peux vraiment pas rester ici.

– Je t'ai dit que tu pouvais compter sur moi, que j'avais envie de t'aider, alors ne t'inquiète pas !

– Merci, Axel. Je prendrai le car et j'arriverai demain vers 13 heures à Clermont.

– OK, Romain te rejoindra place de la Victoire.

– Et toi, tu viendras quand ?

– Juste avant la rentrée, quand les vendanges seront terminées.

Je raccroche, encore chamboulée. Rejetée par mes parents, j'ai honte de déranger mes amis, et l'avenir m'angoisse. Estelle va vite reposer le téléphone. En bas, l'hystérie a laissé la place aux larmes. Ma mère supplie mon père de me faire partir. Mon sac que je n'ai pas défait est à côté de moi, fin prêt. J'attends que mon père finisse de manger seul dans la cuisine pour le rejoindre.

– Je pars demain à Clermont, il faut que tu m'amènes à l'arrêt de bus à midi.

– D'accord.

Mon père ne dit plus rien et ne lève pas les yeux de son assiette. Ce mutisme, cette absence d'opposition à mon départ me déroutent.

Dans mon lit, je me tourne et me retourne, j'ai peur que Romain ne soit pas au rendez-vous demain. Quand le soleil brille à travers le rideau, je me lève. Aujourd'hui, je m'en vais pour de bon. Les heures s'égrènent, j'attends que mon père revienne des champs, une angoisse sourde m'étreint. S'il ne rentrait pas à l'heure pour m'amener à l'arrêt de bus ? Assise sur le rebord de la fenêtre, je regarde les champs, le ciel sans barrières. Immense.

– Descends de la fenêtre, Lucie, tu me fais peur !

Estelle est inquiète quand je m'installe là. Elle a tort, je n'ai jamais voulu sauter et je ne tomberai pas, je tiens, je tiens bon.

– Papa est rentré, il est prêt.

Je saisis mon sac, ne pas penser, surtout ne pas penser. Je quitte ma sœur que j'aime de tout mon cœur. Mes parents sont tellement pressés que je m'en aille que mon père, pour la première fois de sa vie, est en avance pour m'amener quelque part… *Mon sac, partir, mon sac, partir et puis c'est tout.* Les larmes sur les joues de ma sœur, son regard perdu. Je la laisse là, seule, dans la jungle. Ma petite sœur.

– Lucie, on y va, s'impatiente mon père.

Les escaliers, la porte d'entrée, la lumière, le ciel bleu, c'est fini.

Pas d'au revoir en grande pompe ; ma mère n'a pas daigné sortir de la maison… Je ne l'ai pas vue depuis la veille. Elle lit dans le salon ? Va savoir ! Nulle trace de Madeleine, Sylvain et

Valentin. Les larmes d'Estelle, là-haut, dans ma chambre.

Je monte dans la voiture sans me retourner, c'est fini.

Une boule dans la gorge m'empêche de parler, il le faut pourtant. Je dois aborder la question de l'argent avec mon père. Là, dans la voiture, je ne peux pas. L'espace est trop confiné, mon père est trop proche de moi, je ne respire pas bien. Je laisse passer le trajet jusqu'à l'arrêt de bus. Nous attendons maintenant le car, plantés là sur le bitume. Mon père ne m'a pas adressé la parole depuis qu'on est partis. Immobile à côté de moi, il regarde les voitures passer. Toujours ce silence. Le car va arriver d'un instant à l'autre.

– Papa, comment je vais faire pour l'argent ?

– De quoi tu parles ?

– Tu vas me donner de l'argent ?

– Non, bien sûr que non !

– Comment je vais me nourrir et me loger ?

– On t'avait dit qu'on ne te donnerait rien. Eh bien, voilà, tu te débrouilles toute seule !

– Vous allez payer un appartement à Sylvain ?

– Oui, tout est organisé.

Le car apparaît au bout de la route.

– Et mes allocations familiales, vous allez les garder ?

– Évidemment !

La porte du car s'ouvre devant nous.

C'est fini. J'ai dix-huit ans. Je ne connais rien de la vie en dehors du huis clos dans lequel j'ai grandi. Je regarde par la fenêtre la campagne, le ciel, je veux oublier pour quelques minutes ma situation. Ma présence dans ce car, à quinze jours de la rentrée, n'a pas de sens. Les autres étudiants terminent les vacances avec leurs parents ou font la fête, et moi, je suis là.

Arrivée à Clermont-Ferrand, je marche en direction de la place de la Victoire. J'aperçois des bancs, je ne réfléchis pas longtemps, je m'assois. Des pigeons viennent glaner des miettes de pain un peu partout. J'ai l'impression d'être une vagabonde qui a le temps devant elle. Cette image me fait frissonner. Et si Romain ne venait pas ? Ce banc-là deviendra ma maison ? Vais-je devenir la clocharde aux pigeons ? Romain devrait déjà être là. Je regarde la cabine téléphonique un peu plus loin, je n'arrive pas à me décider. Au bout d'un moment, je me lève et appelle Axel.

– Oui, Romain a pris le train.

Soulagement.

– Par contre, il a raté le train prévu, il n'arrivera qu'à 18 heures.

Encore trois heures à attendre assise sur mon banc. Je regarde mon sac, les larmes me montent aux yeux. Mon livre, vite. À nouveau je pense à ma survie, ma survie intérieure, je dois lire. Lire pour ne pas craquer, lire pour oublier ma réalité.

Je lève parfois les yeux vers l'horloge du clocher. J'aurais pu aller me balader dans les rues, flâner, entrer dans les boutiques et en sortir le cœur léger. Je n'y ai même pas pensé et, de toute façon, je n'ai pas la tête à ça. Au bout d'un certain temps, je m'organise une petite routine. Je regarde les pigeons, leurs allées et venues, puis celles des passants. Le temps passe lentement. Soudain je le vois, là, devant moi. Romain a l'air essoufflé, il a couru.

– Ça va ? C'était pas trop long ?

– Un peu quand même, mais t'es là, c'est ça qui compte.

– Allez, viens.

Un tour de clé et nous voilà dans l'appartement. La visite est rapide : une cuisine, une salle de bains et un salon qui, la nuit, servira de chambre.

– Axel m'a donné des draps pour toi, il a dit que tu pouvais utiliser son lit jusqu'à ce qu'il revienne.

– T'es sûr ?

– Oui, il apportera un matelas gonflable et tu dormiras dessus quand on sera tous les trois.

– OK, je vais faire mon lit.

– Moi aussi.

Chacun s'attelle à la tâche en silence. Je sens que, pour Romain, c'est un peu bizarre que je sois là. Une fois les lits terminés, nos estomacs se manifestent. Un magasin d'alimentation assez grand se trouve juste en face. Nous voilà partis faire les courses. Nous achetons des pâtes, des yaourts, de quoi petit-déjeuner et puis c'est tout. Ça me va bien car, en partageant le coût des courses, la somme devient dérisoire. J'ai avec moi ce que j'ai gagné cet été, je dois tenir jusqu'à ce que je touche l'argent de ma bourse vers le 20 du mois.

Romain reparti chez ses parents, j'ai peu de souvenirs des dix jours passés seule dans cet appartement. Ils ont dû se résumer à manger, dormir et attendre que le temps s'écoule en lisant beaucoup.

Avec la rentrée, la colocation s'organise, on est un peu serrés dans l'« appart », ça ne me dérange pas. Je suis en bonne compagnie. Nous dormons tous les trois dans la pièce principale, Axel et Romain dans leurs lits respectifs et moi par terre, sur un matelas gonflable. Je peine à trouver le sommeil et me réveille très tôt le matin. Je dors cinq heures en moyenne. J'ai l'habitude. Le matelas n'y est pour rien, tous les soirs mes angoisses reviennent jusqu'à ce que tard dans la nuit je tombe d'épuisement.

Le trou à rats

Comme tous les lundis, je quitte l'appartement avec Romain. Axel est déjà au lycée ; il a cours de gestion une heure trente avant nous. Notre groupe prend ensuite le relais. Nous arrivons en avance. Mais quelque chose cloche, je sens qu'on m'observe. Je me retourne et découvre avec horreur mon père ! Il se tient là, à quelques pas de moi, dans mon lycée. Il s'approche et me saisit le bras, il veut m'emmener, je me dégage. Romain ne sait pas quoi faire, il hésite, attend de voir comment les choses vont tourner. Je ne comprends pas ce que veut mon père, ce n'est pas clair du tout, il veut me forcer à le suivre. Comment a-t-il osé venir jusque dans mon lycée ? À ce moment précis, l'autre moitié de la classe descend l'escalier, le cours est terminé. Tout s'accélère, mon père me tire avec violence par le bras, Axel, qui vient d'arriver, intervient. Il se plante devant lui, le regard dur. Mon père desserre son emprise, j'en profite pour m'écarter. Il crie :

– Chez qui elle habite, d'abord ?

– Chez nous ! répond Axel en avançant d'un pas.

Romain s'est rapproché, ils se tiennent tous deux face à mon père, protecteurs. Ils n'ont pas peur.

– Ça ne me plaît pas qu'elle habite chez vous ! vocifère mon père.

Il ne se démonte pas et n'a pas l'air de se rendre compte de ce qu'il est en train de faire. Il se met à crier de plus en plus fort, des insultes maintenant. Il fait de grands gestes en lançant ses bras en l'air, menaçant. *J'ai peur. Comment tout ça va se terminer ? Qui aura le dessus ?* Personne ne recule. Je veux aller à mon cours de gestion, faire comme si tout était normal. Je me dirige vers l'escalier, mes camarades de classe suivent, je monte les marches le plus vite possible malgré les élèves qui descendent et gênent le passage. Je n'ai pas le temps d'arriver en haut, mon père me rattrape juste avant, il me saisit à nouveau. Je fais ce que je peux pour ne pas perdre l'équilibre, je m'accroche à la rampe de toutes mes forces, mais je suis traînée vers le bas. Mon père est plus fort. Dans l'escalier, mes camarades de l'autre demi-groupe qui n'ont pas vu le début de la scène ne comprennent rien et restent interdits. À cet instant, quelqu'un court chercher la responsable de division. Elle arrive aussitôt. Mon père me lâche.

La responsable de division veut appeler la police, cela m'effraie. J'ai peur de la réaction de mon père, des représailles quand la police sera partie. Il se sent tout-puissant : ceux qui n'adhèrent pas à ses idées sont des imbéciles. Il se croit au-dessus des lois : si un tiers vient arbitrer notre conflit familial et s'en va ensuite, je serai seule face à sa colère. Je n'hésite pas longtemps avant de refuser qu'on appelle la police. Je vois de l'étonnement dans les yeux de la responsable, mais elle n'insiste pas. L'angoisse m'étreint toujours, j'ai besoin de comprendre ce qui se passe dans la tête de mon père. Je le suis, devant mes camarades sonnés et perplexes.

Il marche vite, comme d'habitude, puis marmonne enfin, sans se retourner ni ralentir :

– Je vais te montrer où tu vas dormir.

Vouloir me montrer un logement ne justifie pas de me traîner dans les escaliers du lycée alors que je m'apprêtais à aller en cours. Encore sous le choc, je marche derrière lui.

Nous arrivons devant une lourde porte en bois. Je suis impressionnée : c'est un immeuble ancien avec une belle façade. Je serais presque rassurée. Nous montons les escaliers, traversons un palier, puis deux, puis trois, je ne sais plus. Soudain, les belles et larges marches en pierre recouvertes d'un épais tapis sont remplacées par un petit escalier en bois très raide. Loin des grands paliers éclairés par de jolies fenêtres, nous voilà dans les combles. Au bout d'un couloir sombre et étroit, nous trouvons finalement un vieil interrupteur. Une faible lueur nous éclaire et me permet de distinguer ce que mon père a trouvé pour moi : je vois une petite pièce obscure au milieu de laquelle trône un lit double qui occupe tout l'espace. Je n'imagine pas où installer une table pour travailler et manger. Les sanitaires communs avec les autres « chambres » se trouvent sur le palier, au fond du couloir. J'ouvre la porte. L'odeur qui se dégage des toilettes à la turque, très sales, me fait suffoquer. J'en ai assez vu et reviens dans la chambre. Je cherche la fenêtre. Mon père fait un geste vers le plafond. Je lève la tête et aperçois une minuscule lucarne. Il l'ouvre. L'ouverture est si étroite que l'air peine à s'y engouffrer. Sans lumière du jour, je ne pourrai pas vivre, je le sais. Avant de tourner les talons, j'interroge mon père :

– Tu veux me payer le loyer de cette chambre, c'est pour ça que tu es venu me chercher ?

– Mais pas du tout ! Je voulais juste te montrer ce que j'ai trouvé pour toi. Tu paieras toi-même ton loyer. Je ne te donnerai pas d'argent, tu te débrouilles !

En colère, je descends les multiples escaliers. Mais qu'a fait mon père ? Il m'a enlevée de mon lycée pendant les heures de cours pour me montrer un cagibi que je devrai me payer ? Pourquoi ? Pour me contrôler, surveiller mes fréquentations, débarquer chez moi à l'improviste ? Il a décidé que je ne serai pas libre, je suis sa « chose », je lui appartiens. Il a cédé face à ma mère en la laissant m'expulser de la maison et il vient me montrer où je dois vivre ? Je me sens sale, je me sens une moins que rien quand il se comporte comme ça. Si je l'ai suivi, c'est parce qu'il restait cet espoir au fond de moi : celui qu'il regrette sa lâcheté. Je me suis trompée. Pourtant, pendant des années je n'arriverai pas à me résigner.

Je cours, mon père m'appelle, je ne réponds pas, je ne me retourne pas. Je vole vers mon lycée que je n'aurais jamais dû quitter. À mon retour, les élèves de ma classe font cercle autour de moi. Je vois des regards incrédules, remplis de pitié, mais surtout de la colère et de la révolte. Axel et Romain sont particulièrement retournés. Axel me dit qu'il sera là pour m'aider, me protéger, qu'il ne faut pas que je m'inquiète. Mon père ne lui fait pas peur.

Samuel, lui, préfère me soutenir sur un autre plan. Le lendemain, il m'apporte des couverts, une assiette, un bol et une poêle. Samuel, c'est mon binôme. On passe beaucoup de temps ensemble, on est devenus très amis. Nombreux sont ceux qui viennent me voir et me demandent s'ils peuvent faire quelque chose pour moi. Quelques jours plus tard, je vais chez un élève de ma classe que je ne connais pas trop, je lui prête mes cours car il a été absent le matin. Au moment où je m'apprête à partir, il me demande d'attendre et revient avec une brique de lait. « Voilà, je peux te donner ça, j'ai rien d'autre, ça ira ? » C'est touchant. Je pense refuser poliment, mais il insiste pour que je le prenne, ce litre de lait. Il veut m'aider. Alors je ravale ma fierté et j'accepte. Je repars en souriant, ma brique de lait à la main.

L'attitude de certains professeurs change aussi. Jusqu'à présent, je me faisais rappeler à l'ordre à cause de mes bavardages. Mais depuis l'esclandre de mon père, mon professeur principal n'intervient plus quand je discute. Lors des conseils de classe, les professeurs modifient leurs appréciations : certes, mes résultats ne sont pas bons dans certaines matières, mais j'ai des circonstances atténuantes, ce n'est pas ma faute. Avec le recul, je trouve cette situation cocasse. Dans ce cas précis, je suis bien responsable de mes mauvaises notes, car je ne travaille que les matières qui m'intéressent et je n'écoute pas en cours la moitié du temps. Malgré cela, j'ai droit à un traitement de faveur, tout le contraire de ce que j'ai connu jusqu'alors.

Début octobre, Axel, Romain et moi sommes invités à passer une soirée chez un de leurs amis.

Il me fait une drôle d'impression dès le début. Je le trouve beau, mais je sens quelque chose de très sombre chez lui. La pièce est seulement éclairée par une petite lampe dans un coin. Tous les trois se connaissent depuis longtemps. Ils sont heureux de se retrouver et parlent de souvenirs communs. J'assiste à des discussions à voix basse concernant des personnes que je ne connais pas. Je me sens alors exclue. Qu'est-ce que je fais là ? Suis-je à ma place ? J'avance vers la fenêtre ouverte. Je regarde dehors. La hauteur donne le vertige, le danger est d'autant plus grand que le rebord est étroit. Je me ratatine sur ce rebord de fenêtre, ni tout à fait dehors ni tout à fait dedans. Comme suspendue entre la vie et la mort. Quelque chose de sombre et de diffus m'enveloppe. Derrière cette brume, je ne vois plus rien, je n'entends plus rien, je ne sens plus rien, je ne suis plus rien. Engoncée dans mon manteau noir, je me coupe du monde et de sa triste réalité, permettant à d'autres monstres de m'assaillir. J'ai besoin d'aide. Axel s'en aperçoit.

De retour à l'appartement, je réussis à lui parler, à ouvrir les vannes. Pas celles des pleurs, mais celles des angoisses, des doutes, des peurs qui me rongent. Je parle à voix basse – Romain veut dormir – mais Axel veut savoir ce qui me détruit, alors je raconte. Pas tout, juste ce que je pense être supportable à entendre. Le reste, je n'y arrive pas. La honte l'a en partie anesthésié.

Axel ne s'apitoie pas, il s'insurge contre mes parents. Soudain, sa révolte dirigée contre moi, il crie presque :

– Et nous ? T'as pensé à nous ? Qu'est-ce qu'on deviendrait si tu passais de l'autre côté ? Nous, on t'aime !

Électrochoc dans mes veines, tous les fils se reconnectent, la lumière revient. Axel va pouvoir dormir et moi continuer à me lever le matin avec la rage de vivre.

Quelques semaines plus tard, Axel m'explique que je ne peux pas vivre chez Romain et lui indéfiniment. Il est bien conscient que je n'ai que très peu d'argent. Nous pensons à la cité universitaire. Devoir quitter Axel et Romain est très dur pour moi, j'étais bien, nous avions installé une sorte de routine. Je me sens à nouveau comme le « paquet » ou l'« encombrant » dont on se débarrasse tôt ou tard, même si je sais que, pour mes amis, il ne s'agit pas de ça.

Le père

Je tiens dans mes mains l'attestation d'Axel. Il parle de la violence de mon père qui l'a menacé du poing en demandant chez qui je logeais. Axel parle aussi de ce fameux week-end où j'ai dû retourner chez mes parents. Enfin, surtout de l'état dans lequel j'en suis revenue, comme coupée du monde, repliée sur moi. Mes amis me trouvaient inaccessible.

C'est vrai qu'il m'a fallu construire des remparts pour repousser les agressions permanentes et continuer à exister. Avec mes amis, ces remparts sont devenus un problème, j'ai dû les faire tomber, mais la tâche s'est révélée ardue. Jamais je n'aurais pensé qu'Axel avait perçu tout cela, d'autant plus que j'étais loin d'en être consciente.

*

Me reviennent en mémoire les paroles de l'assistante sociale du lycée, rencontrée le lendemain de l'esclandre de mon père.

– Vous devez récupérer ces allocations familiales, elles sont pour vous.

– Et comment faire puisqu'elles sont versées sur le compte de mes parents ?

– Je peux vous rédiger une lettre que vous porterez à la CAF et ils vous donneront directement votre argent.

J'ai peur de défier mon père de cette façon. Je redoute la violence dont je le sais capable. Je dois le convaincre de me verser ces aides. Je ne peux pas rester plus longtemps chez Axel et Romain.

Ce week-end d'octobre, à peine arrivée, je discute avec Estelle dans ma chambre, nous sommes heureuses de nous retrouver. Soudain, la porte s'ouvre et cogne contre le mur, ma mère surgit et, en un instant, se saisit de toutes mes affaires et les jette par la fenêtre. Sidérées, Estelle et moi restons immobiles, interdites. Me défenestrer, c'est littéralement ce que ma mère souhaite. J'en prends soudain conscience, troublée par le souvenir de cette nuit où, lorsque j'étais juchée sur le rebord d'une fenêtre, Axel a perçu mon profond mal-être.

Cette fois, je n'ai pas la force de me relever. Estelle, à genoux, près de moi, me secoue doucement l'épaule. « Allez, lève-toi ! Je t'en prie, ne reste pas couchée comme ça ! » Je repense à la soirée chez l'ami de Romain et Axel. « Je t'en supplie, réponds-moi, lève-toi, ma grande sœur, lève-toi… » Estelle prend ma main et se lève, je retrouve mes esprits et me redresse.

– Demain, tu demanderas tes APL à papa. Je lui dirai que tu dois lui parler.

Le lendemain, je ne sais pas comment aborder mon père, la peur me tenaille le ventre. Je fais les cent pas dans ma chambre quand la porte s'ouvre.

– Il paraît que tu veux me voir ?

– J'ai besoin d'argent.

– Et alors ? Qu'est-ce que tu veux que j'y fasse ?

Mon père devient agressif. Je ne me démonte pas, je n'ai pas le choix.

– Les allocations familiales que vous touchez pour moi sur votre compte m'empêchent d'obtenir les APL. C'est l'un ou l'autre.

– Qu'est-ce que tu es en train de dire ?

Mon père hausse encore le ton et avance d'un pas. Je ne peux pas renoncer.

– Étant donné que je n'habite plus ici, je ne vous coûte plus rien et cet argent doit servir à me loger.

– Tais-toi ! hurle mon père.

Je n'ai pas fini.

– L'assistante sociale m'a dit qu'elle pouvait me faire une lettre que j'irai montrer à la CAF, et on me versera l'argent directement sur mon compte.

J'espère une capitulation de mon père, qu'il s'incline face à la loi et que l'assistante sociale lui fasse peur. J'ai été naïve, mon père devant moi se transforme en bête. Il s'approche davantage, ses yeux bleus me transpercent, sa bouche se tord et il brandit le poing en tonnant :

– Donne-moi le nom de cette assistante sociale !

J'en perds la voix et ne bouge plus, hypnotisée par ses yeux fous. Il avance encore, lentement cette fois. Je ne respire plus. Il rugit :

– Si tu vas à la CAF, je te frappe !

Le poing levé tout près de moi, il me menace. Quand il est sûr que j'ai compris, il s'en va.

Je regarde la porte se refermer. Mon père a instillé la terreur dans chaque pore de ma peau. Je me désagrège peu à peu. Estelle entre dans ma chambre :

– Je t'avais prévenue que c'était pas une bonne idée, tu peux pas aller à la CAF ! Si tu fais ça, il va devenir complètement fou et il nous le fera payer ! Toi, t'habites plus ici ! Mais moi…

Je suis incapable de répondre et de réagir. La force reviendra, je le sais, je ne me laisserai pas crever pour leur faire plaisir.

C'est ça l'instinct de survie.

Ignominie

Treize mois se sont écoulés depuis l'assignation. La plaidoirie aura lieu dans quelques semaines. Je me demande si nous avons assez de documents pour montrer qui sont mes parents. Je pense à Estelle qui n'a toujours pas écrit et je me dis que ce n'est pas possible de me présenter devant le juge sans son témoignage. Je pense que c'est notre seule et unique chance d'exposer devant la justice mon enfance maltraitée. Mais Estelle n'est pas prête.

Aujourd'hui, il ne s'agit pas de moi mais de mes enfants, et je dois les protéger. Je dois les préserver de ce manteau noir qui enserre tout. Je ne peux pas imaginer mes enfants écoutant mes parents leur brosser un portrait atroce de leur maman. C'est pourtant ce qu'ils ont fait avec mes oncles et mes tantes et cela a marché, un temps. Et puis tout le monde a compris, certains se sont détournés, d'autres préfèrent ne pas les contrarier. Mon père n'accepte pas qu'on ne soit pas d'accord avec lui, il oblige les gens à choisir entre lui ou moi. Depuis le début du procès, beaucoup ont eu le courage de trancher et d'écrire la vérité. L'échéance du procès se rapproche, l'angoisse monte, alors je décide de consulter à nouveau les nombreuses attestations. J'ai besoin de me faire une idée sur ce qu'un juge pourrait bien en penser.

Je relis celle de Madeleine, qui évoque de nombreuses scènes de violence. J'en ai vécu beaucoup pendant mon enfance et de terribles après mon départ de la maison. Pendant longtemps, même si je ne vivais plus avec eux, je n'arrivais pas à me résoudre à couper définitivement les ponts.

Je veux aussi avoir bien en tête l'assignation, ce document qui expose pourquoi mes parents exigent de voir mes enfants. Les passages les plus terribles et mensongers concernent les viols. Mes parents affirment avoir fait ce qu'il fallait pour leurs filles quand ils ont su ce qui était arrivé. Ils ont stoppé les visites dominicales chez les grands-parents. Est-ce vraiment suffisant face à de tels crimes ? A-t-il été une seule fois question de notre reconstruction ? Jamais.

Nous possédons aussi dans notre dossier d'autres attestations au sujet du grand-père, dont certaines sous un angle que je n'aurais pas pu imaginer.

Il y a quelques mois, je reçois un courrier inattendu d'un grand cousin, Jean-Luc. Je ne l'ai vu que deux ou trois fois dans ma vie. Je ne sais même pas si je le reconnaîtrais. Son courrier contient une attestation remplie par ses soins. Comment est-ce possible ? Comment a-t-il été au courant ? Une lettre de mon père adressée à Jean-Luc est également jointe. Mon père a encore fait des siennes. Il ne connaît pas de limites. En général, cette attitude finit par le desservir.

Jean-Luc décrit sa surprise lorsque, un après-midi d'août, il reçoit la visite impromptue de mon père. Ma mère et Jean-Luc sont cousins éloignés et lors des rares occasions où ils se sont vus, ils n'ont jamais tissé de liens. Nullement gêné de débarquer à l'improviste, mon père en vient rapidement au fait. Il raconte comment j'ai été victime de mon grand-père maternel, en donnant, dixit Jean-Luc, de nombreux détails qui finissent par les mettre, son épouse et lui, profondément mal à l'aise.

Sur l'instant, je dois déjà marquer une pause dans ma lecture. Non seulement je me sens à nouveau salie et meurtrie, mais en plus je ne sais pas quels détails il a pu inventer : jamais mes parents ne sont venus nous parler de ce que nous avons subi, mes sœurs et moi.

Je reprends ma lecture. Jean-Luc indique que mon père poursuit son ignoble déballage en lui exposant sa théorie : comme j'ai été violée par mon grand-père, j'ai maintenant quelque chose de « dérangé » dans la tête, ce qui aurait pour conséquence que je ferais une « confusion » entre la maison de mes parents et celle de mon grand-père, et également une confusion entre mes parents et mon grand-père. En clair je me tromperais de bourreau. Eux seraient donc les *victimes* de ce qu'a fait mon grand-père. *Victimes* dans le sens où, si j'ai de mauvaises relations avec eux, c'est à cause du grand-père. Sidéré et révolté, Jean-Luc arrive tant bien que mal à couper la parole à mon père et lui signifie qu'il n'a pas à lui raconter cela. Il s'agit d'une violation d'un secret qui est la propriété de la victime. Mon père ne semble pas bien réaliser le ressenti de Jean-Luc. Il finit par partir en laissant son cousin éloigné choqué par cette visite et perplexe : il ne comprend toujours pas quelles sont les motivations de mon père pour venir lui faire ces révélations. Deux jours passent, Jean-Luc est encore tourmenté par cette visite et craint de n'avoir pas été assez clair avec mon père. Il lui écrit donc une lettre dans laquelle il expose son point de vue sans ambiguïté : divulguer de la sorte un secret qui appartient uniquement aux victimes est intolérable. Il met en garde mon père : qu'il ne s'imagine pas le considérer comme un soutien dans cette démarche de divulgation et encore moins dans la défense de sa théorie. Jean-Luc reconnaît la douleur que peut représenter pour un père le fait de savoir ses filles victimes d'un tel crime. Mais il pense que les parents ne sont que des victimes collatérales dont le devoir est d'agir en fonction de l'intérêt de leurs filles. En réponse, Jean-Luc recevra de mon père un courrier qui confirmera bien ses soupçons. Ce dernier aurait souhaité un peu plus de compréhension et trouver une sorte d'« allié » qui abonde dans le sens de sa théorie : les mauvaises relations entre mes parents et moi résultent uniquement des crimes du grand-père. Mon père conclut son courrier en disant que sa révolte contre moi est bien légitime.

Le jour où j'ai reçu cette attestation, j'ai été abasourdie. Je n'imaginais pas qu'il puisse aller aussi loin. Crier l'histoire du grand-père incestueux sur tous les toits, échafauder son ignoble théorie et se chercher des alliés ! J'ai téléphoné à l'une de mes tantes qui, d'après mes souvenirs, s'entendait bien avec la femme de Jean-Luc. Cette tante m'a expliqué comment l'attestation était arrivée jusqu'à moi : quelques jours après les courriers échangés avec mon père, la femme de Jean-Luc lui avait confié : « Si un jour Lucie a des problèmes avec ses parents, préviens-nous, nous la soutiendrons. »

À la lecture de l'attestation de Jean-Luc, la souillure revient. Même s'il a bien compris la perversité de mon père et même si un juge ne pourra qu'y voir clair, le grand manteau noir revient m'engloutir. Celui de l'enfance, celui de l'horreur. Celui de la honte et de la peur. Celui qui me fait me sentir morte à l'intérieur.

« Révéler ainsi notre histoire, c'est comme un autre viol », m'a dit Madeleine. Je me doutais que mon père véhiculait cette monstruosité dans la famille, mais le voir écrit là, noir sur blanc, ajoute une autre dimension à l'horreur. Mon père devient un monstre lui aussi, un animal prêt à tout pour sauver sa peau : il se sent en danger. Sans être les auteurs de ces viols, par leur non-dénonciation, ma mère et lui ont des choses à se reprocher. Mon père le sait, alors il attaque. Depuis longtemps, il a perdu son âme et son cœur. La violence règne. Pas celle qui se voit, se palpe, laisse des bleus et du sang, mais celle qui broie à l'intérieur, invisible et indélébile.

La plaidoirie

Me Latour nous a expliqué qu'en général les juges ont beaucoup de retard, mais qu'il vaut mieux arriver à l'heure. Arnaud et moi nous présentons devant le palais de justice avec cinq minutes d'avance. Nous passons au détecteur de métaux à l'entrée. À l'étage des affaires familiales, nous débouchons sur un long couloir ponctué de portes en enfilade, des dizaines de personnes s'y agglutinent. Une inquiétude surgit, nous n'avons jamais reçu la dernière convocation avec le numéro de cabinet. Fébrile, mon mari cherche en vain notre nom sur les feuilles scotchées aux portes. Heureusement, j'aperçois Me Latour au bout du couloir. Je vois aussi mes parents qui attendent plus loin. Je ne sais pas ce que je vais faire face à eux. Leur dire bonjour ? Les ignorer ? Je suis obligée de passer près d'eux pour informer notre avocat de notre présence. Mon père m'observe, je le toise. Tout est terminé entre nous maintenant. Cette rupture, il l'a décidée.

Me Latour nous emmène dans un coin tranquille. J'essaie de rester à peu près détendue et sereine, même si je sens la pression monter. Je n'imaginais pas me retrouver face au juge sans l'attestation d'Estelle. J'y ai cru jusqu'au dernier moment, mais elle n'a pas pu. Je relis mes notes, nous aurons peut-être la possibilité de parler à la fin, si le juge l'autorise. J'ai écrit les quelques points essentiels, j'ai si peur d'oublier un élément capital ! Il y a tant de choses dans ma vie qui doivent être dites et dont le juge doit tenir compte avant de décider si mes parents ont le droit de voir mes enfants !

Notre avocat nous fait signe, c'est l'heure. Me Latour se tient entre mes parents et nous. Je veux regarder ma mère en face une dernière fois, mais elle m'ignore. Elle a les yeux rivés sur le mur ou sur mon père. J'observe mon père, lui me fixe comme si rien ne s'était passé. J'ai l'impression qu'il aimerait me parler, il ne réalise pas ce qu'il a fait ni ce qu'il fait aujourd'hui. Il ne semble pas se rendre compte de la gravité de la situation. Notre présence au tribunal des affaires familiales lui paraît normale.

Je me détourne, je ne voudrais pas qu'il m'apostrophe juste avant d'entrer dans le bureau du juge. Je fixe à nouveau ma mère, je veux voir ses yeux, je veux savoir si elle regrette ce qu'elle m'a infligé. Ma mère ne m'accorde aucun regard, nous pénétrons dans le bureau. Le juge est une femme.

Malgré son air froid et sévère, elle ne semble pas antipathique. Elle nous désigne les chaises devant son bureau et nous demande de nous installer. Me Latour nous fait signe de nous mettre au premier rang, mais je n'ose pas m'asseoir si près de la juge, je préfère rester au deuxième rang, au centre. Les deux avocats s'installent devant, légèrement décalés à droite et à gauche, je suis face à la juge comme je le souhaitais.

L'avocate de mes parents commence sa plaidoirie. Peu sûre d'elle, elle ne fait que répéter la version de mes parents et bafouille par moments. L'enchaînement de ces atroces mensonges devient de plus en plus éprouvant et je dois rester là, assise, sans rien dire. Sa théorie est très simple : nous étions une famille parfaitement « normale » jusqu'au jour où Madeleine a révélé les viols dont elle était victime. Là, tout aurait « basculé » et depuis ce jour, mon attitude avec mes parents aurait changé.

Je m'agite un peu sur ma chaise, je chuchote deux ou trois fois avec Arnaud, puis je retrouve mon calme. Je reste stoïque, attendant la suite. Enfin, la plaidoirie de la partie adverse se termine, Me Latour va s'exprimer à son tour. Entendre la vérité de la bouche de mon avocat me fait l'effet d'une déflagration. Pour la première fois, le récit de mon vécu sort du cercle familial pour être exposé devant la justice. J'ai les larmes aux yeux, mon cœur bat la chamade, j'ai l'impression qu'il va exploser tellement il cogne vite et fort dans ma poitrine. Me Latour revient sur les éléments de ma vie, terribles à entendre, je suis secouée. « Lucie a été maltraitée par sa mère », proclame-t-il deux fois. Une grande victoire pour moi. Ensuite il décrit les circonstances dans lesquelles nous étions violées par le grand-père. Bien sûr il ne détaille pas les viols en eux-mêmes, mais ce qui a permis qu'ils aient lieu. « On a sacrifié les gosses ! » lâche-t-il.

Depuis trois ans, je vois une psychologue, nous avons déjà abordé plusieurs fois le sujet. Elle a été très claire : ce qui m'est arrivé a pu se produire par le fait d'une organisation familiale bien particulière. Le grand-père pédophile savait qu'il ne risquait rien : il avait fait comprendre aux adultes qu'il n'aimait pas être dérangé et personne n'entrait jamais dans la pièce. Il ne craignait pas la dénonciation, il n'avait pas peur, il était sûr de lui.

– Tout le monde savait ! clame Me Latour. Ils étaient là, dans la pièce voisine ou dans le jardin, sans jamais se préoccuper de ce qu'il advenait de leurs filles ! ajoute-t-il en montrant mes parents.

Il poursuit :

– Le grand-père s'isolait avec chacune des petites filles à tour de rôle dans son bureau, une grande partie de l'après-midi, personne n'avait le droit d'entrer et jamais les parents n'ont demandé à leurs filles : que faisais-tu avec grand-père dans son bureau ? Non, jamais ! Et cela a duré dix ans environ, du fait d'un écart de huit ans entre Madeleine et Lucie. Le train est passé, maintenant c'est trop tard !

Il lève le bras avec emphase, l'air de dire : ces parents ne peuvent plus rien exiger de leur fille.

Je suis au bord de la rupture, j'étouffe, j'ai envie de hurler, non pas pour intervenir, mais juste pour que cela s'arrête. En face de moi, la juge semble bien comprendre mon émotion.

Me Latour continue en évoquant une lettre de ma mère à une amie qui nous a été transmise par cette dernière, en pièce jointe de son attestation rédigée pour notre dossier. Dans ce courrier, ma mère indique qu'elle aurait été libérée si elle avait pu entendre son père lui demander pardon pour ce qu'il a fait. Tout à la fin de sa lettre, elle dit qu'elle voulait « aussi » qu'il demande pardon pour les filles. La manière dont s'exprime ma mère dans cet écrit est très troublante : le lecteur comprend implicitement qu'elle a été, elle-même, victime de son père et que son propre cas la tourmente bien davantage que celui de ses filles.

Me Latour avait commencé sa plaidoirie en soulignant le côté accablant des nombreux témoignages de notre dossier. Il avait insisté sur le fait que plusieurs attestations provenaient des frères et sœurs de mes parents. Or, il est rare que les membres de la famille parlent autant et prennent parti.

Une fois les plaidoiries terminées, la juge se tourne vers moi :

– Visiblement vous avez des choses à exprimer. Je ressens beaucoup de souffrance chez vous, j'ai envie de vous entendre.

Il faut que je dénonce l'horrible mensonge que l'avocate adverse tente de faire croire à la juge. Je commence par resituer les choses en notifiant que j'ai commencé à être maltraitée par ma mère dès l'âge de six ans. À cause de ce que j'ai vécu durant toute mon enfance et toute mon adolescence chez mes parents et de leur refus aujourd'hui de reconnaître la vérité, je ne veux pas qu'ils soient en contact avec mes enfants.

Au bout de quelques minutes, la juge m'interrompt, j'imagine que le temps imparti pour l'audience est déjà dépassé. J'ai pu expliquer comment ma mère s'est appliquée à détruire la fratrie, obligeant mes frères et sœurs à choisir entre elle et moi. « Il fallait détester Lucie pour être aimée de notre mère », a écrit Madeleine dans son attestation. De manière générale, mes parents ne s'occupaient pas de nous, que ce soit à la maison ou chez mes grands-parents, ils ne nous surveillaient jamais. Les larmes aux yeux, la voix tremblante, j'ai pu dire que lorsqu'ils ont été au courant, jamais mes parents ne m'ont parlé des viols dont j'ai été victime. Jamais ils n'ont évoqué avec moi ce que m'a fait mon grand-père.

Jamais ils ne se sont intéressés à la manière dont j'allais pouvoir vivre avec ça.

Mon père prend ensuite la parole, il nie en bloc.

– Quand Lucie pleurait dans sa chambre, je venais toujours la consoler et voir si on pouvait trouver une solution, affirme-t-il.

C'était vrai au tout début, ce soutien a duré quelques mois. Il a brutalement cessé suite aux menaces de ma mère lui intimant d'arrêter, sinon elle le « plaquerait ».

La juge commence à rassembler ses notes sur son bureau, elle va clôturer l'audience. Mais ma mère l'en empêche, elle veut parler. La juge hésite, puis l'y autorise.

– Il ne m'a jamais touchée ! Il ne m'a jamais touchée !

Ma mère répète plusieurs fois cette phrase comme une incantation, elle la crie sans pouvoir s'arrêter. La juge veut répondre, ma mère n'écoute pas, elle semble possédée. La magistrate qui commence à s'énerver parvient finalement à l'interrompre :

– J'ai deux questions à vous poser. La première : mettez-vous en doute la parole de vos filles ?

Ma mère ne semble pas comprendre et répète :

– Il ne m'a jamais touchée ! Il ne m'a jamais touchée !

– Tant mieux pour vous, c'est une chance, mais on ne parle pas de vous, lui répond fermement la juge.

À cet instant, un pan de mon passé ressurgit dans toute sa noirceur.

*

Il est petit, pourtant il fait peur. À tout le monde, puisque personne ne s'oppose à sa volonté. Des yeux myopes, vert foncé, derrière des lunettes à fine monture métallique. Un regard dur, parfois méchant, rehaussé par des sourcils trop longs, dressés, agressifs. Jamais de bonne humeur, « bon-papa », la colère au bord des lèvres, vrillant son regard, la démarche lourde et traînante, il en veut à la terre entière. Il insulte les Noirs et les Maghrébins devant sa télévision, il s'énerve contre sa femme s'il ne trouve pas le repas à son goût, crie contre les enfants qui courent dans le couloir et laissent les portes ouvertes. Tout son être dégage de la rancœur, voire de la haine, qu'il ne cherche même pas à dissimuler. Il a tous les droits, le patriarche. Les cheveux parsemés de quelques fils blancs, coiffés en arrière avec une raie sur le côté, il déambule dans son château, inspirant la crainte à ses sujets. L'entourage évite de parler de lui, comme si le simple fait de prononcer son nom bravait un interdit.

Pour ma mère, ces journées où nous nous rendons chez ses parents doivent être importantes puisque nous y allons souvent. Pourtant, jamais elle ne parle d'eux à la maison, ni de son enfance. Je n'ai jamais su quel genre de relation elle entretenait avec ses parents. Un dimanche par mois, voire plus, le rituel s'applique : la visite chez « bon-papa » et mamie. Il a choisi de se faire appeler « bon-papa » ! Cette idée me révulse. Quel genre de bon-papa a-t-il été pour ma mère ? Silence. Toujours cet insupportable silence.

Toutes les visites se passent de la même manière. Avant le départ, ma mère crie car mon père n'est pas prêt à l'heure prévue. Il veut aller vérifier l'arrosage de ses champs, ce qui la met hors d'elle. Il n'en a cure. Nous, les quatre enfants, attendons sur la banquette arrière trois places. Personne ne peut bouger sans donner un coup malheureux à celui d'à côté. Le siège auto de Madeleine prend toute la place ! râle Sylvain. Mon père ne trouve pas nécessaire d'acheter une voiture permettant à tous d'être installés convenablement. Mon frère s'énerve, j'ose à peine respirer, le visage plaqué contre la vitre. Mon père attendra la naissance de Valentin pour choisir un modèle plus grand. Ma mère interdit à quiconque de sortir de la voiture. Elle a trop peur que le retard déjà bien prononcé ne s'accentue encore. Assis en décalé, l'un à l'avant, l'autre à l'arrière de la banquette pour rendre possible la fermeture des portières, nous attendons encore et encore. Ma mère, à l'avant, à côté du siège vide de mon père, s'agite dans tous les sens. De quoi a-t-elle peur ou de qui ?

Enfin le père arrive et fait démarrer la voiture.

À notre arrivée, bon-papa sort de la maison et nous accueille à sa manière. Point d'embrassades, mais des reproches véhéments. La colère crispe son visage, mon père en prend pour son grade.

– T'as vu l'heure ? C'est pas possible d'arriver en retard comme ça !

Mon père se moque de la frustration de son beau-père. Il ne répond rien et un sourire narquois lui barre le visage. Ensuite, tout le monde s'attable, mon grand-père ne se départ pas de sa mauvaise humeur, il ne participe pas à la conversation engagée par ma grand-mère et ne s'intéresse à personne. Ma grand-mère me donne l'illusion de ce que doit être une vie de famille. Je m'y accroche. De toutes mes forces.

Après le repas, mes parents, Sylvain et Madeleine quittent la salle à manger assez vite, ma grand-mère se réfugie dans la cuisine pour faire la vaisselle, Estelle et moi débarrassons la table. Puis nous proposons notre aide à ma grand-mère qui la refuse et nous congédie. Nous voilà, Estelle et moi, seules avec bon-papa dans la salle à manger. Il s'approche de nous avec des paroles mielleuses, des sourires, puis nous touche les bras en nous faisant des « guilis ». Il fait des blagues sur des sujets que des petites filles de huit et six ans n'ont pas l'âge de comprendre. Les petites filles ne se méfient pas, bon-papa est soudain devenu gentil. Un peu de rires, ça fait du bien dans cette vie où il y en a si peu ! Les petites filles n'en ont pas conscience mais la machine s'est mise en marche. Brusquement, bon-papa me saisit le poignet et m'emmène. Cette fois je n'ai même pas eu le temps d'essayer de fuir. Nous traversons le couloir sombre, je ne souris plus, je m'inquiète et me débats, mais la poigne est ferme. Nous arrivons devant son bureau. Sans hésitation, il ouvre la porte et me fait pénétrer dans la pièce. Je vais me débattre, de toutes mes forces de huit ans. Un enfant ne fait pas le poids, le bourreau le sait bien. Puis ce sera le tour d'Estelle. Jamais personne n'entre dans le bureau de bon-papa, cette pièce dans laquelle il conduit, l'une après l'autre, ses petites-filles. Madeleine, il va la laisser grandir un peu, pour l'instant elle dort dans un berceau. La quiétude ne durera pas, Madeleine, l'ogre va t'attraper, toi aussi. Si j'avais su ! Je l'en aurais empêché. Jamais je n'aurais imaginé qu'il s'en prendrait à toi. Après toutes ces années… C'était fini, il ne m'approchait plus. Aucune fille sauvée, le prédateur les veut toutes. Toutes celles qu'il a sous la main, seules et vulnérables.

Pourquoi personne n'entre dans ce bureau où il n'y a pas de jeux pour les enfants, mais une télévision et des fauteuils ? Parce que c'est « la pièce de bon-papa » ? Et de ses petites-filles ? Mais qu'est-ce qu'il peut bien faire avec ses petites-filles ? Puisqu'il n'y a pas de jeux dans cette pièce ? La télé allumée en permanence ne diffuse jamais de dessins animés. Comment bon-papa peut-il ne pas même verrouiller la porte de son bureau sans craindre la venue de quelqu'un ?

Comme me l'a expliqué ma psychologue, le grand-père savait qu'il ne serait pas dérangé.

– Cela s'appelle de la complicité inconsciente. Vous savez, comme la femme de l'alcoolique qui va lui acheter sa bouteille au supermarché.

Un courant glacé me parcourt le corps.

– Alors, ceux qui étaient sur les lieux, mes parents et ma grand-mère, savaient ?

– C'est plus compliqué que ça, on va dire qu'ils s'arrangeaient pour ne pas découvrir ce qui se passait derrière cette porte.

Je ne me suis pas sentie mieux après cet éclaircissement, comment le pourrait-on ? Mais il fallait crever l'abcès devenu purulent depuis que mes parents parlent des « agissements du grand-père » dans l'assignation. Jamais ils n'ont employé le mot « viol ». Ils préfèrent parler d'« abus sexuels » sans jamais m'avoir questionnée. Alors, j'ai fini par me laisser embrumer l'esprit jusqu'à presque me rassurer en me disant que ce n'étaient pas des viols. L'avocat a définitivement levé le doute. C'étaient des viols. Des viols aggravés. Le verdict est tombé comme un couperet. Il fallait vivre avec maintenant. Pour pouvoir se relever, les victimes ont besoin que le bourreau soit reconnu coupable des actes qu'il a commis. Pour ces morceaux de vie arrachés. Pour ces corps et ces âmes désolidarisés, disloqués.

« Bon-papa » est mort il y a une vingtaine d'années. Celui qui s'est servi de mon corps de manière criminelle, qui a assassiné une partie de moi, celui-là a disparu sans avoir à répondre de ses actes. Il est mort libre, laissant ses victimes enchaînées.

Dans la famille, les chuchotements, les conversations à mots couverts, les morceaux de phrases à propos de « ça » sont retombés dans la poussière. Certains veulent oublier, faire comme si rien ne s'était passé, d'autres tentent de s'en servir pour obtenir la victoire dans un procès. Personne ne semble se soucier vraiment des victimes de tous ces viols. L'histoire dérange, les oncles et tantes changent de sujet si, par malheur, « ça » risque d'être évoqué. Les mots n'existent pas, il n'y en a jamais eu.

Aujourd'hui encore, plus de trente ans après les faits, les mensonges d'un côté et le silence de l'autre emprisonnent les victimes de bon-papa.

*

– On ne parle pas de vous.

La juge vient de rappeler ma mère à l'ordre.

Elle a l'air complètement perplexe, presque ahurie. On sent bien que jamais elle ne s'est interrogée sur ce qui est arrivé à ses filles. Ma mère reste bloquée sur sa situation personnelle et semble ne plus rien voir ni entendre.

À la question « Mettez-vous en doute la parole de vos filles ? », elle finit par répondre « Non ». La deuxième question de la juge jaillit :

– Reconnaissez-vous que votre père est un pervers sexuel ?

Ma mère est très perturbée par la question. Reconnaître la vérité s'avère une épreuve. Je sens que c'est nouveau pour elle de devoir regarder cette vérité en face.

Au bout d'un moment qui me paraît une éternité, elle articule « Oui ».

– C'est tout ce que je voulais savoir, conclut la juge en fermant ses dossiers.

Avant que nous quittions la pièce, elle se tourne vers moi et me dit qu'elle comprend que j'aurais voulu parler plus longuement, mais qu'elle n'est ni psychothérapeute ni médiatrice. Elle se doit de rester dans son rôle qui consiste à trancher sur un litige grâce à un dossier.

– Délibéré le 25 juillet, clôture-t-elle.

Nous rentrons chez nous le cœur plus léger, mais bouleversés. L'essentiel est d'avoir fait notre maximum. Tout a été dit, soit par notre avocat, soit dans les attestations, soit par moi. Il n'y a plus qu'à attendre que justice soit faite.

Entraide et débrouille

Je n'ai pas pu demander de lettre à l'assistante sociale pour obtenir mon aide au logement. La violence de mon père et la terreur d'Estelle m'en ont dissuadée.

Ce matin, je téléphone à l'assistante sociale du Crous. Elle me donne un rendez-vous dans l'après-midi. Dans son bureau, la carapace se fissure, je pleure et raconte mon histoire. Enfin presque, le grand-père reste aux oubliettes. Je parle de ma mère, du fait qu'elle me rejette sans que je sache pourquoi. L'assistante sociale m'explique que ce n'est pas moi que ma mère déteste, mais elle-même, qu'elle voit en moi. L'effet miroir, voilà pourquoi ma mère ne veut pas de moi. Même si ça reste atroce, l'explication me soulage un peu.

Elle va m'aider. Elle commence par se renseigner auprès des cités universitaires les plus proches. Malheureusement, tout est plein depuis longtemps. Elle continue à téléphoner puis finit par raccrocher avec un grand sourire.

– Voilà, je vous ai trouvé une chambre dans une cité U.

– Où ça ?

– C'est loin.

– Comment on fait pour y aller d'ici ?

– Il faut marcher vingt minutes et ensuite vingt minutes de bus.

– Ah oui, c'est loin du lycée, mais je n'ai pas le choix.

En sortant du bureau, j'informe Samuel de mon déménagement. Nous travaillons ensemble sur les « actions commerciales » de notre BTS. Il déteste le téléphone et le contact direct avec les entreprises, moi j'ai horreur de l'administratif. Alors on se répartit facilement les tâches et on s'entend bien. Il me propose de m'aider avec sa voiture. Un trajet suffira pour mon gros sac et moi. Le week-end suivant, c'est le grand jour. Je devrais être contente d'avoir mon chez-moi, mais la perspective de m'éloigner du lycée, de mes amis, du centre, ne me réjouit pas. Nous traversons des quartiers « craignos », je n'ai pas peur, le cafard plutôt. Enfin nous arrivons à destination. Je n'ai plus envie de descendre de la voiture. Je vois des tours et, au milieu, le bâtiment de la cité U. Une boule me serre la gorge. Je regarde droit devant moi, je n'ai pas envie de montrer mon désarroi à Samuel. Je ne veux pas redevenir un paquet dont on ne sait pas quoi faire, alors je prends mon courage à deux mains et je sors de la voiture.

– Viens, Samuel, on va voir comment c'est à l'intérieur !

Une drôle d'ambiance flotte dans l'air, une ambiance glauque. Un couloir interminable mène aux chambres, je regarde les portes alignées des deux côtés. Je frissonne. Une prison, c'est bien à ça que je pense. Nous voilà devant ma chambre, le numéro correspond à celui inscrit sur le porte-clés que vient de me remettre la dame à l'entrée. J'ouvre la porte.

C'est petit, très sommaire, le strict minimum : un lit, un bureau et un lavabo dans neuf mètres carrés. Il est interdit de faire la cuisine dans la chambre, a insisté la personne à l'accueil. Je sais que tout le monde le fait quand même, alors j'ai acheté une petite plaque électrique.

Samuel inspecte la chambre avec son mobilier, son agencement, puis en guise de conclusion, il me lance :

– Tu viendras prendre tes repas chez moi et puis je te ramènerai en voiture.

– OK.

– Pour ce soir, ça ira ?

– Oui, je vais m'installer.

Je suis soulagée par la proposition de Samuel. Ici, ça va être difficile d'être bien, la solitude risque de peser lourd.

Samuel ne me laisse pas tomber. Je passe presque toutes mes soirées et mes week-ends chez lui. Mon logement devient un simple point de chute pour travailler et dormir quelques heures. Je me rends compte rapidement que les voisins, eux, font la fête tous les jours et surtout le vendredi soir quand je dois réviser pour les « études de cas » sur lesquelles on planche pendant six heures le samedi matin au lycée. Je comprends assez vite que je ne pourrai pas préparer mon diplôme dans ces conditions. La musique à fond, les rires et les discussions, que j'entends malgré moi à travers la cloison, m'empêchent de travailler et de dormir. À plusieurs reprises, je demande à mes voisins de faire moins de bruit. En réponse, ils me rient au nez. De nouveau, je dois chercher un logement. Je suis fatiguée de me battre. Je ne trouve plus l'énergie pour entamer des démarches, sachant qu'avec mes moyens très limités, les solutions sont rares. Heureusement, Samuel et d'autres amis sont bien décidés à m'aider et prennent les choses en main. Ils épluchent les petites annonces dans les journaux : nous comprenons vite qu'avec mon budget, je ne peux pas louer d'appartement, mon unique espoir reste la chambre chez l'habitant.

Après plusieurs visites infructueuses, Samuel a une dernière adresse à me proposer, à deux pas de chez lui. C'est bon signe, l'optimisme revient.

Nous voilà chez Yvette, la propriétaire. Elle loue l'étage de son appartement : une chambre, une salle de bains et des toilettes. Nous sommes émerveillés, par rapport à tout ce que nous venons de voir, c'est de loin le plus joli et le plus agréable. Nous n'hésitons pas longtemps, je vais habiter là. Il faut partager la petite cuisine, voilà une solution plus qu'acceptable, je vais pouvoir m'installer et être bien.

Deux mois passent ainsi, pendant lesquels je vais souvent chez Fabien, un autre ami du BTS. On s'entend bien, mais c'est surtout avec Amélie, sa copine, que je discute. Ils habitent ensemble à deux pas de chez moi et je reste souvent dîner chez eux. Je passe toujours beaucoup de temps avec Samuel, notre amitié reste solide. L'automne se termine presque sereinement, puis Noël arrive.

De la petite enfance jusqu'à mes dix ans à peu près, les journées du 24 décembre étaient radieuses. Elles se passaient chez mes grands-parents maternels. On faisait la fête, on discutait et on riait dans toutes les pièces, jamais ce jour-là mon grand-père ne me touchait, il m'oubliait, il restait à sa place. Avec les cousins et cousines, du début du repas jusqu'à minuit et à l'ouverture des cadeaux, la fête battait son plein. J'avais hâte que Noël arrive et, comme les autres enfants, je vivais des moments de bonheur en famille. Un jour, tout s'est arrêté. Fini les repas entre cousins le 24 décembre, dorénavant chacun restait chez soi. La première fois, Sylvain et Estelle ont protesté vivement quelques jours avant. Ils ont supplié ma mère d'appeler sa famille pour qu'on célèbre Noël comme d'habitude, tous ensemble, mais elle s'est montrée inflexible. On espérait tous qu'étant donné sa détermination à ce que nous restions seuls elle ferait un effort pour que nous passions tous une belle soirée. J'y ai cru en m'installant à table avec eux ce soir-là, j'y ai cru en mangeant le pâté en croûte qu'avait fait ma mère, j'y ai cru quand j'ai vu la dinde arriver… Mais je n'ai jamais vu venir le vacherin. De ce dessert de réveillon, je n'ai vu que la boîte dans la poubelle. Ma mère, fidèle à elle-même, a exigé que je monte dans ma chambre au milieu du repas. J'ai obéi, comme toujours quand j'entendais cette injonction, j'ai retrouvé ma chambre grise et froide aux murs qui s'effritaient. On pourrait dire que c'était comme les autres jours, comme les autres fois. Je ne faisais pas partie du repas familial, pas partie de la famille, c'était la règle établie. Mais il ne s'agissait justement pas d'un jour comme les autres. C'était Noël.

Depuis ce jour, Noël garde un goût amer.

Maintenant que j'ai un logement que je paie avec mes maigres ressources, je décide de ma vie et jamais plus je ne vivrai un Noël comme celui-là. Tous mes amis seront rentrés dans leur famille, qu'importe ! Je serai seule, mais libre. Fabien et Amélie restent à Clermont-Ferrand presque toutes les vacances, ils ne partent que pour le soir de Noël, alors le temps passera vite.

Le 20 décembre, le téléphone sonne dans ma chambre. Ce téléphone fixe, je n'avais pas prévu d'en bénéficier, faute de moyens. Une sœur de mon père a insisté pour me le payer : « Tu ne peux pas rester seule et injoignable ! » Je ne voyais pas où était le problème, mais elle s'est faite si pressante que j'ai accepté. Et aujourd'hui il sonne. J'ai un mauvais pressentiment, pourtant je décroche. Mon père. Il parle et ne m'écoute pas. Rien n'a changé, un frisson court le long de mon dos. Non, je n'irai pas passer Noël là-bas, je n'ai plus de famille. Mon père insiste. Ma sensation de liberté s'amoindrit, je prends conscience de l'étau qui m'enserre petit à petit. Je raccroche. Mon père n'abandonnera pas, je le sais. Il a décidé que cette fois encore, il pouvait m'obliger à lui obéir. Il ne doute pas un seul instant que je finirai par me soumettre. Mais je connais la liberté à présent, je sais son prix et je paierai pour la conserver quoi qu'il arrive.

Les jours suivants, mon père insiste, à chaque sonnerie l'étau se resserre un peu plus. Je me demande ce qu'il se passera si je ne réponds pas. Quand est-ce qu'il rappellera, combien de fois le téléphone sonnera-t-il encore d'ici Noël… ? Je le débranche. Je veux juste avoir la paix.

Le matin du 24 décembre, j'essaie de réviser mes cours, de prendre un peu d'avance pour le prochain BTS blanc, lorsque j'entends du bruit en bas. Je reste assise sur ma chaise. Yvette est partie réveillonner dans sa famille, il n'y a personne. Pourtant le vacarme se précise, quelqu'un sonne. Je vais devoir me lever et informer l'inconnu qu'Yvette est partie pour quelques jours. Je soupire en quittant ma chaise, on ne peut jamais être tranquille !

J'ouvre la porte. Stupeur, mon père se tient là devant moi ! Avec Estelle. Il a osé.

– Lucie, on est venus te chercher.

J'accuse le coup : il arrive chez moi pour m'emmener, encore une fois. Comme ce jour de septembre, dans mon lycée, devant tous mes camarades de BTS. Aujourd'hui je suis seule, complètement seule. Qu'importe, je ne céderai pas. Je reste plantée sur le seuil. Je le regarde droit dans les yeux.

– Tu peux partir. Tu t'es déplacé pour rien. Rentre à la maison, je reste ici.

– Mais c'est Noël, quand même !

– Justement, laisse-moi !

Il change de tactique :

– J'ai jamais vu où tu loges, montre-moi comment c'est à l'intérieur.

J'observe Estelle qui n'a pas ouvert la bouche, elle a l'air perdue. Mon cœur se serre. Je me dis que je le fais pour elle, peut-être qu'elle a besoin de voir où je vis, que c'est pour ça qu'elle est venue. Je m'écarte pour les laisser entrer puis je leur montre le chemin. Mais une fois là-haut, mon père insiste :

– Allez, ça suffit les bêtises, prépare tes affaires, je t'emmène passer Noël en famille.

Je ne l'écoute pas.

– Regarde, Estelle, j'ai une belle vue sur le jardin, les arbres. Tout ce calme, c'est reposant pour travailler.

Pas de réponse.

Mon père commence à s'énerver :

– Tu vas te dépêcher de faire ton sac, sinon c'est moi qui le fais, ça suffit comme ça !

Il se met à ouvrir les placards avec des gestes remplis de rage. Une décharge court le long de mon dos, l'étau que je connais bien me comprime la poitrine. Je regarde Estelle.

– Lucie, s'il te plaît, rentre ! Oui, rentre maintenant.

Sa voix, basse, très basse, me transperce. Ses yeux me supplient. Ils crient la détresse de toute une vie de douleur, écartelée entre le père, la mère et cette sœur rejetée qu'elle aime tant. Dire qu'elle souffre est un euphémisme, elle crève, ma sœur. Je ne peux pas la laisser, je n'ai plus le choix. Pour Estelle, je vais rentrer. Sans un regard pour mon monstre de père, j'attrape mon sac, j'y glisse quelques affaires et je les suis dans l'escalier. Dans la voiture, je ne pense pas, je ne pense plus, un silence de mort nous accompagne durant le trajet.

Quand nous arrivons sur le chemin qui mène à la maison, l'étau serre encore plus fort ma poitrine, me prend la gorge, crispe mes mâchoires. Je suis repassée sous le joug des tyrans. J'ai perdu de nouveau ma liberté de mouvement et celle de penser, sans cesse court-circuitée par des assauts de culpabilité. Cette culpabilité que mes parents se sont attelés, jour après jour, à me faire ressentir.

Je suis là pour Estelle et, à peine arrivée, je retrouve la chambre de mon enfance. Les posters colorés de mes acteurs et chanteurs préférés ont disparu. Estelle m'a expliqué qu'après mon départ, mon père, dans une espèce de crise, a tout arraché. Il n'a rien oublié. Le plâtre, sans tapisserie ni peinture, est à nu. Par endroits, il s'effrite et tombe sur le sol, faisant des petits tas le long du mur. Sur la cloison qui me sépare de la chambre de Sylvain, je retrouve le Placoplatre parsemé de points rouges. Estelle et moi n'avions pas de Patafix, alors nous bricolions avec les moyens du bord. De la peau de Babybel malaxée puis découpée en petites boules nous permettait de coller nos posters : des chevaux pour Estelle, des beaux mecs musclés pour moi. Je ne suis plus chez moi ici, je ne l'ai jamais été, d'ailleurs. On m'a entreposée là avant de se débarrasser de moi quand la loi l'a autorisé. Je ne déferai pas mon sac ici, je suis en transit. Je suis revenue pour Estelle. Mais elle n'est plus là, Estelle, son fantôme l'a remplacée. Son regard est devenu fuyant, elle presse le pas lorsqu'elle traverse ma chambre pour rejoindre la sienne. Je n'ai pas entendu le son de sa voix depuis que nous avons quitté mon logement chez Yvette. Je ne pourrai rien faire pour elle, je le sais, elle le sait. Alors, pourquoi voulait-elle que je rentre ? Elle avait peur de la crise de mon père si je ne revenais pas, elle espère un peu de répit.

Je retrouve ma chaîne hi-fi durement gagnée par mon travail dans les maïs. J'ai demandé à mes parents de me l'apporter à Clermont-Ferrand. En vain. J'en suis réduite à écouter ma musique sur un vieux lecteur prêté par Samuel. Le CD d'Étienne ne me quitte pas, j'essaie de me noyer dans la musique, mais ici je n'y parviens plus. Pour tromper l'angoisse jusqu'au repas de Noël, j'ouvre un livre. Impossible de me concentrer.

En début de soirée, je les entends s'installer dans la salle à manger pour le repas de fête. Il faut que je descende. Je m'exécute, la mort dans l'âme. À peine assise, je sens que si j'arrive à terminer mon entrée avant d'être éjectée, on pourra parler d'exploit. Ma mère affiche son visage déformé par la haine. Pour l'instant, j'essaie d'avaler ce que j'ai dans l'assiette, même si ma gorge se serre tellement que j'aurais plutôt besoin d'un bol de soupe. La détonation claque :

– Pourquoi t'es allé la chercher ? T'aurais jamais dû ! On était tranquilles, et là…

Ma mère se remet à manger, les yeux rivés sur son assiette, appuyant sa tête dans sa main gauche comme si elle devait porter toute la misère du monde. Pas d'intervention de mon père. Sylvain s'énerve, Madeleine et Valentin restent muets. Estelle ? Elle ne dit rien non plus, je n'ai pas le cœur à croiser son regard. Je me retire. Noël ou pas, je me retrouve seule et immobile dans ma chambre, entourée de murs délabrés. Je vais attendre longtemps, très longtemps, jusqu'à ce que je n'entende plus aucun bruit en bas. Je pourrai alors descendre manger quelques restes. Estelle ne viendra pas, elle fait ce qu'elle peut pour tenir le coup de son côté. Elle essaie de toutes ses forces de faire partie de la famille. Elle doit rester avec eux et partager ce fameux repas de Noël.

Pour espérer m'endormir, je patiente une partie de la nuit sur ma chaise jusqu'au moment où la fatigue brouille ma vue et m'empêche de lire.

Le lendemain matin, mon père entre dans ma chambre :

– J'ai appelé ma mère, je t'emmène là-bas, on part dans une heure.

Il a quitté la pièce. Comme d'habitude, pas de discussion. Seulement des ordres qui exigent une obéissance absolue et immédiate. Résignée, je ferme mon sac qui n'a pas été défait ; je suis prête pour le départ.

Je ne vois presque jamais mes grands-parents paternels, alors pourquoi pas ? Après deux heures de petites routes dans la campagne, nous arrivons. Mon père pousse la lourde porte en chêne massif, nous entrons. Il appelle sa mère, pas de réponse.

– Je vais la chercher.

Je reste seule dans le couloir noir d'encre. Nous venons ici une fois par an au milieu des sœurs de mon père, personne ne prête ainsi attention à nous. Ma grand-mère est trop affairée à la cuisine et mon grand-père ne s'intéresse qu'à l'agriculture. Pourquoi suis-je là ?

J'entends des pas. Pas d'embrassades avec ma grand-mère, juste une inclinaison de tête joue contre joue, avec les lèvres qui remuent pour laisser croire à une bise. Raide comme un piquet, elle est si maigre que lorsqu'elle se penche vers moi, j'ai peur de sentir l'arête de son nez contre le mien. La tendresse ? Jamais connu avec elle. Le grand-père paternel ? Encore pire, il ne s'abaisse pas à dire bonjour à ses petits-enfants. Un regard ? À peine un bref coup d'œil. Nos prénoms ? Je ne me rappelle pas une seule fois où il aurait prononcé le mien. Il parlait à mon frère, il était quelqu'un, lui, l'héritier du nom. Moi ? Une fille parmi tant d'autres.

Mon père parti, nous passons à table. Dans les yeux bleus de ma grand-mère je ne vois que du vide, elle ne me regarde pas, elle est ailleurs. J'essaie de lui parler, elle est loin, beaucoup trop loin. Pourquoi ? Que se passe-t-il ici ? Mes grands-parents semblent des étrangers l'un pour l'autre, ils ne s'adressent pas la parole. Et moi au milieu ? Je ne suis rien. Pourtant, une question vitale me taraude, il va bien falloir que je me lance, que je rompe ce silence insoutenable. Que le cliquetis des fourchettes dans les assiettes ne soit pas le seul son audible. Ouvrir la bouche, prouver que j'existe. Je veux vivre, alors je vais lire :

– Est-ce que vous avez des livres ?

Ma voix semble résonner étrangement, ma question arriver comme un cheveu sur la soupe.

– Bien sûr, au grenier, nous avons plein de livres et la collection des *Tintin*.

Des *Tintin* ? Pourquoi pas ?

Le silence est retombé comme une chape de plomb. Ma grand-mère, à côté de moi, jette un œil tantôt à son assiette, tantôt droit devant elle, comme perdue. Mon grand-père se trouve à notre gauche. Au bout de la longue table, il occupe la place du patriarche, celle d'où l'on domine tout le monde. Habituellement il crie, lève les bras dans un geste de colère et finit parfois par quitter la table. Surtout quand il y a beaucoup de monde, des spectateurs, il ne supporte pas d'être contrarié.

Je vois le visage de mon grand-père se crisper. Son regard se déplace entre son assiette et un point imaginaire. Il semble s'appliquer à ne surtout pas tourner la tête dans ma direction. Il adresse deux mots à ma grand-mère puis continue son repas en m'ignorant toujours. Il a l'air de plus en plus irrité et finit par quitter la table d'un bond, dans un grand fracas de chaise.

– C'est ton père, il en veut à ton père ! Toujours des histoires d'argent et de terres…, ressasse ma grand-mère.

Je me tais, je garde mes pensées pour moi, je ne suis pas responsable de ce que fait mon père. Ma grand-mère semble peu à peu se dérider, je vais avoir droit à une grande phrase. Elle me demande si je fais des activités, si elles me plaisent.

– Mamie, je suis en BTS et je n'ai ni le temps ni l'argent pour faire des activités !

– Ah oui, l'argent, on a déjà tout donné à ton père !

Ses yeux repartent loin, là-bas.

– Mamie, il est vraiment bon, ton gâteau.

– Ah oui, c'est un reste, ton grand-père n'en voulait plus.

Je m'en moque, ma mère ne fait jamais de gâteau, alors celui-là me va très bien.

Le dîner terminé, nous débarrassons et rangeons la cuisine. Là, ma grand-mère se détend, elle se sent bien, elle est dans son espace, seule et libre. Je l'encombre un peu, mais elle s'adapte et me trouve des petites choses à faire, à ranger, je suis contente. La cuisine immense ne dégage pas une ambiance chaleureuse pour autant. On retrouve ce côté austère, comme dans le reste de la maison. Les meubles, très anciens, semblent ne jamais avoir été changés. Contre un mur, la vieille cuisinière à bois attire mon attention avec sa petite porte sur la façade par laquelle on l'alimente en bûches. Je regarde la flambée avant que ma grand-mère referme la porte. Ce rituel me fascine. Ensuite, j'attends qu'une vraie discussion démarre, qu'une atmosphère familiale s'installe, que quelque chose ici devienne enfin vivant… Mais non, ma grand-mère se referme de plus en plus, elle se ratatine dans sa cuisine, oublie que je suis là. À moins que ma présence ne la gêne ? De guerre lasse, j'abandonne. Il ne se passera rien ici, ma grand-mère reste aux prises avec je ne sais quels soucis qui l'empêchent d'être là, dans le présent avec moi.

Ma vie d'ermite se termine quand une de mes tantes, Laure, me propose de venir chez elle. Il s'agit d'un tournant dans ma vie, mais je ne le sais pas encore. Chez ma tante je vais retrouver Chloé qui a mon âge. Depuis combien de temps n'ai-je pas vu ma cousine ? Cinq ans au moins, et encore, nous étions juste au même endroit pour une fête de famille : les noces d'or de nos grands-parents. Une de ces fameuses réunions familiales où on prend des milliers de photos pour entretenir l'illusion que tout va bien dans le meilleur des mondes.

Quand nous arrivons chez ma tante, elle nous fait entrer. La cuisine me paraît très lumineuse, je respire. Ma grand-mère bredouille déjà un au revoir à sa fille et tourne les talons.

– Chloé va arriver d'un instant à l'autre, elle est partie faire une course, me dit Laure avec bienveillance. C'est pas trop dur de changer d'endroit comme ça, toujours au dernier moment ?

– J'ai l'habitude. C'est pas ça, le plus dur.

Mes yeux se remplissent alors de larmes. Je tourne la tête. À ce moment précis, Chloé franchit le seuil, un sourire éclatant illumine son visage. Elle est comme ça, Chloé. Mon cousin Benoît dit même qu'elle devrait faire des pubs pour du dentifrice ! Son entrain est communicatif. Envolé, le noir, je souris aussi. Je vais être bien ici. Elles ont l'air contentes que je sois là. Ma tante me montre où je vais dormir : à la place de son fils qui se trouve chez des cousins. Je partage la chambre avec Marion, la sœur de Chloé.

Elle a l'âge d'Estelle. Nous parlons peu, elle est plutôt du genre timide et préfère mettre des écouteurs pour s'isoler avec sa musique. Je comprends, ma sœur aussi préfère faire ses petites affaires seule. Le soir, Chloé reçoit un coup de fil pour moi : Benoît m'invite le lendemain à sa soirée du Nouvel An avec ses amis étudiants. La fête aura lieu chez lui à une heure d'ici. Sans trop réfléchir, j'accepte.

Lui non plus, je ne l'ai pas revu depuis les noces d'or de nos grands-parents. Mon cousin a vingt-quatre ans maintenant, j'en ai dix-huit. Je ne sais pas trop dans quoi je me suis embarquée, cela m'inquiète. Je me souviens que ce cousin-là avait plutôt l'air coincé. Tout à coup, j'ai peur que ses copains soient du style rallye et, rien que d'y penser, j'en ai le cafard. Je ne m'imagine pas une seconde refaire tapisserie, cette époque est révolue. Pour en avoir le cœur net, je pose la question à ma cousine Chloé.

– Mais pas du tout, ils ne sont pas du genre à aller dans les rallyes, les copains de Benoît ! Bien au contraire, ce sont plutôt des mecs cool. T'as aucun souci à te faire. Tu vas bien t'amuser, tu vas voir, c'est super que tu sois invitée, tu vas passer une bonne soirée !

Malgré l'enthousiasme de Chloé, je n'arrive pas à me détendre, c'est plus fort que moi. Elle va se coucher et je reste dans la cuisine avec mon oncle et ma tante. Nous discutons et, sans le sentir venir, comme une bobine de fil qui se déroule, je raconte ma mère, mon père…

Mon récit est entrecoupé de sanglots et de questions. Ils sont choqués. Mon oncle me raconte une anecdote, une histoire de vieux meubles dont ils auraient hérité, mon père et lui. Il y a eu un malentendu à propos d'un fauteuil : tous les deux pensaient qu'il leur revenait. Entrevoyant la possibilité qu'il ne l'obtienne pas, mon père s'est mis dans une colère noire, il était prêt à frapper son beau-frère pour une vieillerie qui lui passerait sous le nez. Sans hésiter, mon oncle lui a laissé le fauteuil.

– Tu vois, Lucie, je connais la violence de ton père telle que tu la décris.

Je me sens soulagée de pouvoir raconter ce que j'ai vécu, mais cela fait toujours aussi mal. J'ai l'impression que ce noir qui s'écoule me détruit encore un peu plus. L'attention et la gentillesse de mon oncle et de ma tante sont précieuses. Leur révolte, le fait qu'ils ne cautionnent pas l'attitude de mes parents comptent beaucoup pour moi. Peut-être suis-je moins seule que je ne le pensais…

Nous voilà déjà à une heure avancée de la nuit, il est grand temps d'aller me coucher. Je dois prendre le train le lendemain pour retrouver Benoît.

Le réveil sonne, j'ai mal au ventre. L'angoisse m'envahit comme chaque fois que je vais dans un lieu nouveau au milieu d'inconnus.

– Vite, il faut y aller sinon tu vas manquer ton train !

Le ventre en vrac, je monte dans la voiture de Laure. Je m'inquiète un peu pour mon état de santé.

– Tu prendras un Smecta en arrivant et tout ira bien ! me lance ma tante en me tendant le médicament.

Lorsque nous débouchons sur le quai, le train entre en gare. J'embrasse Laure et m'installe dans le wagon avec mon gros sac.

Une heure plus tard, me voilà débarquée sur un autre quai de gare. Assise sur un banc, j'attends mon cousin Benoît. Je l'aperçois, grand et mince, le même qu'il y a cinq ans, avec son air doux et gentil. Il passe une fois devant moi sans rien dire, peut-être qu'il ne m'a pas vue, il marche vite. La deuxième fois, ses yeux croisent les miens, mais ne s'attardent pas, ses longues jambes l'ont déjà emmené plus loin. Il ne me reconnaît pas ! À son troisième passage, je le hèle :

– Benoît, c'est moi, Lucie !

– Ah ! Bonjour, Lucie, t'as fait bon voyage ?

– Oui, oui.

– Parfait. On va attendre mes copains, ils arrivent de Clermont-Ferrand.

Mon mal de ventre monte d'un cran.

– Ah, les voilà ! s'exclame Benoît.

J'aperçois une joyeuse bande débouler des escaliers. Ça rigole, ça se bouscule, une vraie bonne ambiance de mecs. Ils sont cinq ou six, je dirais. Les voilà qui commencent à titiller l'un d'eux, celui qui porte une guitare sur son dos.

– Allez, Arnaud, tu vas bien nous jouer un p'tit air !

– On t'donnera une p'tite pièce !

Lui se marre aussi, il connaît bien ce genre de blague. Je le regarde. Je vois d'abord ses yeux, des petits yeux en amande. Et ce sourire dont il ne se départ pas. Je remarque sa chemise style bûcheron : une chemise en tissu épais avec un fond blanc et des grands carreaux dans les tons marron vert. Le voilà qui se met à jouer de la guitare, il est du genre à relever les défis. Les autres cherchent un chapeau à déposer à l'envers devant ses pieds. Ils n'en trouvent pas, le petit jeu prend fin. Son sourire, lui, reste sur son visage.

– Allez, on y va ! lance mon cousin.

Troisième partie

La justice s'exprime

Contretemps

Bientôt deux ans se sont écoulés depuis le début du procès et nous attendons le jugement. L'angoisse me saisit parfois. Mes enfants ne doivent pas entendre les mensonges véhiculés par mes parents. Je ne veux pas lire dans leurs yeux la détresse et l'incompréhension. Ils sont trop jeunes pour savoir de quoi l'être humain est capable. Je veux les préserver de situations traumatisantes, c'est pourquoi je me battrai jusqu'au bout.

Chaque jour, je m'émerveille avec eux et découvre l'insouciance, cette insouciance qui, enfant, m'a cruellement manqué. Je les regarde sauter et pousser des cris de joie dans le mini-château gonflable que nous venons d'acquérir. Il ne prend pas trop de place et peut accueillir quatre ou cinq enfants. Nous l'avons acheté pour l'anniversaire d'Anna que nous allons fêter samedi avec ses camarades. Pleine d'entrain, je prépare la chasse au trésor avec des petites questions et des charades. J'adore ça, je m'amuse autant qu'eux. Leurs yeux impatients quand je lis les questions, leur excitation lorsque nous apportons le trésor, leurs rires, sont autant de pansements sur mes blessures.

Quelques jours plus tard je reçois ce document tant attendu : le jugement. J'ouvre l'enveloppe avec fébrilité. Bouleversée, je lis ces quelques lignes qui résument ma vie, cette vie abîmée par les viols qui, ici, sont reconnus. C'est une grande victoire, car la juge parle aussi d'attitude non protectrice de la part de mes parents qui maintenant réclament un droit d'hébergement sur mes enfants. La juge nous informe qu'elle se pose des questions sur l'état psychologique de mes parents et que, pour prendre une décision, elle a besoin d'une expertise. De mes parents. Mais pas seulement ! Certainement par souci d'équité, la juge demande aussi une expertise psychologique pour Arnaud et moi. Je n'ai pas peur, cependant j'imagine déjà à quel point raconter toute mon histoire dans ce contexte risque d'être éprouvant. J'espérais que ce serait fini, que cette angoisse pour mes enfants cesserait avec ce courrier ! Eh bien, non, ce n'est que partie remise.

Le coût de l'expertise est à la charge de mes parents, ils ont jusqu'au 20 septembre pour s'en acquitter, après il sera trop tard et la procédure s'arrêtera. C'est mon dernier espoir pour en finir vite : que mes parents refusent de payer l'expertise ou qu'ils ne respectent pas le délai. Mon père étant un champion du paiement en retard, tout est possible.

Rencontre décisive

C'est le Nouvel An, la soirée organisée par mon cousin Benoît bat son plein. Au début pourtant, je n'étais pas à l'aise au milieu de ces inconnus. Puis voilà que le guitariste à la chemise de bûcheron et moi blaguons avec une grande complicité. Comme si on se connaissait depuis toujours. Un autre copain de la bande tente de s'intégrer à notre conversation, mais c'est avec Arnaud que le courant passe le mieux. Nous discutons à bâtons rompus.

Je ne vois plus que lui. Nous dansons ensemble, nous rions beaucoup. Je me sens si bien avec lui que l'on parle des valeurs qui nous tiennent à cœur, de notre conception de la vie ou de musique…

La soirée se poursuit, je m'éclate comme ça ne m'était pas arrivé depuis très longtemps. Certainement depuis les mariages auxquels j'ai assisté lorsque j'avais quatre ou cinq ans, quand je ne me souciais pas du regard des autres, de ce qu'ils pouvaient penser, de ce que je devais faire ou non. Arnaud rit et profite de la fête, mais ne se rapproche pas plus de moi. Peut-être que je me suis trompée sur la nature de ses sentiments et que ses intentions envers moi restent purement amicales… Qu'importe, je profite du présent et je reste avec lui jusqu'à la fin de la soirée.

Je me suis souvent demandé ce qu'il se serait passé si je n'avais pas été invitée à ce Nouvel An. Arnaud pense que nous nous serions rencontrés de toute façon, qu'il ne pouvait pas en être autrement. Je me souviens que Benoît nous avait dit avant de nous laisser à la gare le lendemain soir de la fête :

– Je ne me fais pas de souci pour vous deux !

De retour à Clermont-Ferrand, nous sommes allés chez Arnaud. J'habitais plus près de la gare, mais la présence quasi permanente d'Yvette et le fait qu'elle surveillait mes allées et venues m'ont dissuadée de l'emmener chez moi.

Il ne faut pas faire de bruit car son colocataire dort à cette heure. Nous marchons sur la pointe des pieds dans l'appartement en étouffant des rires et allons dans sa chambre. Je suis surprise par le côté sommaire du mobilier : un matelas posé à même le sol, une chaise et un petit bureau. Sur le mur, une affiche de cinéma : *Le Cercle des poètes disparus.* Nous parlons du film que nous avons trouvé formidable tous les deux. Me revient en mémoire une discussion, un monologue plutôt, dans la voiture de Brigitte Saint-Gerbier, une amie de ma mère, qui s'inquiétait des dangers de ce film pour les jeunes… Oui, ce serait quand même embêtant que la jeunesse se sente libre et puisse penser par elle-même plutôt que de recracher les principes et les idées des parents ! Arnaud s'est assis sur son lit au niveau de l'oreiller, je reste du côté opposé et m'assois par terre contre le mur.

Nous parlons pendant des heures et lorsque je me relève, il est déjà 5 heures du matin ! Arnaud me raccompagne. Le froid vif nous réveille d'un coup, nous marchons vite. Je me sens vraiment bien avec lui. Devant chez moi, nous plaisantons une dernière fois, puis nous nous disons au revoir comme deux amis.

– Je t'appelle jeudi soir ?

– OK.

Il s'éloigne, se retourne en me faisant un signe de la main, puis s'en va. Je vais me coucher, je me sens mieux que je ne l'ai jamais été.

Le lendemain, je ne ressens pas ce cafard inhérent au dimanche. D'habitude, le lycée fermé, la ville trop calme et l'absence des copains créent un vide immense. La réalité me revient en pleine figure le dimanche. Elle me renvoie chez mes parents avec la messe, le repas censé être un peu festif dans la salle à manger mais auquel je n'ai pas droit. Je revois aussi le bol de lait du soir et les mitraillettes dans les yeux de ma mère tandis que je me sers du lait, du pain… Comme si vivre avec moi sous le même toit était insoutenable. Alors non, je n'aime pas les dimanches. Aujourd'hui, c'est différent, c'est un dimanche neuf. J'ai le cœur en fête. Je pense à Arnaud.

Le jeudi arrive. Je tremble un peu pendant la soirée, je ne peux pas travailler, alors je lis. Enfin la sonnerie du téléphone tant détestée la veille de Noël se fait entendre. Arnaud et moi échangeons d'abord deux ou trois banalités et, après un léger blanc, il reprend :

– Est-ce que tu es libre demain soir pour venir dîner chez moi ?

Juste après avoir raccroché, je fonce chez Fabien et Amélie. Il faut bien que je fasse exploser ma joie, je ne vais pas la garder pour moi toute seule, ce serait bien trop triste.

Amélie m'accueille avec un grand sourire. À peine entrée, je raconte le premier de l'An et le coup de téléphone de ce soir.

– Oh là là, ça va devenir sérieux, cette affaire ! rigole Fabien.

– Tant mieux ! renchérit Amélie.

– Au fait, t'as commencé à réviser le cours de commerce international ?

– Pas encore.

– Faut que tu t'y mettes, me rappelle à l'ordre Fabien. Y a un gros paquet à réviser !

– Oui, tu as raison.

– Je sais, Lucie, que c'est pas ton truc, mais tu dois absolument avoir ton BTS, t'as pas le choix ! Comment tu vas vivre sinon ?

– T'inquiète, j'oublie pas que j'ai pas d'autre option que de l'avoir, ce diplôme !

Je me lève, récupère mon manteau et me dirige vers la porte d'entrée, le visage soucieux.

– Lucie !

Je me retourne vers Amélie.

– Tu l'auras, ton BTS !

J'esquisse un sourire.

– Oui, Amélie, je l'aurai.

Dans la rue, l'air vif achève de dissiper mes doutes, je relève la tête. Une rage de vivre, de réussir, de lever les obstacles qui me barrent la route, inonde mon corps, alors oui, je l'aurai, mon BTS !

Le lendemain soir, lorsque je sors de chez moi, le froid est saisissant, je me serre dans mon long manteau et disparais dans la nuit. Le hall de l'immeuble d'Arnaud ne m'inspire pas confiance, mais une fois arrivée sur le palier, la joie et l'excitation l'emportent.

Arnaud n'est pas seul ce soir. Son colocataire vient d'apparaître. Il s'appelle Javier, il vient du Chili. Nous nous mettons à table. Javier commence à rire et nous regarde tous les deux :

– Ah, c'est pour ça qu'il a passé du temps à faire la cuisine ! Je comprends mieux. Il ne voulait rien me dire !

La soirée se passe dans la joie et la bonne humeur. Le dîner fini, Javier se décide à nous fausser compagnie.

Nous sommes assis par terre en tailleur. Arnaud s'est rapproché, il pose la main sur mon genou. On se regarde, il m'embrasse. Je suis avec lui. Plus rien d'autre ne compte. Plus rien. Je me retrouve sur un petit nuage, cette fois c'est vrai, ce n'est ni un rêve ni mon imagination. Tout le noir a disparu comme par enchantement, je revis…

L’expert

La date limite pour le règlement de l’expertise psychologique est dépassée d’une semaine. Les dés sont jetés, nous pouvons décompresser. Le procès va s’arrêter. Nous commençons à respirer.

Deux jours plus tard, une lettre de la juge nous informe qu’elle a reçu le règlement début octobre, l’expertise aura bien lieu. Nous serons contactés courant mars par un certain M. Truchet, expert psychologue. Il nous faut attendre et tenir bon, encore.

Le mois de mars arrive, j’espère un miracle et l’arrêt de la procédure. Mais les miracles n’existent pas : le 11 mars, M. Truchet convoque mon mari pour le 15 et moi pour le 16.

Le 15 au soir, Arnaud me restitue son entretien avec l’expert. Dans un premier temps, il lui a posé des questions sur sa personnalité, puis sur sa relation avec moi et nos enfants. Ensuite, il lui a demandé son point de vue sur mon histoire. M. Truchet a conclu que la situation était inextricable. Arnaud était venu avec une copie des quarante attestations de notre dossier. Me Latour les avait préparées afin que l'expert puisse les lire à tête reposée. Mais il n'a même pas voulu les prendre. Il souhaite se faire un avis basé uniquement sur ses entretiens avec les quatre personnes concernées par la procédure en faisant abstraction des témoignages.

Une nouvelle fois, je raconte l'effroyable vérité. Je déroule à M. Truchet ce qu'a été ma vie chez mes parents et ce que m'a fait mon grand-père. Il pose des questions, je réponds à toutes. Certaines me paraissent ne pas avoir leur place. Elles sont trop intimes et sortent du cadre de la procédure, mais je veux faire le maximum pour mes enfants, qu'on ne me reproche rien.

Parfois je pleure en racontant certaines choses, puis je me ressaisis. Je ne suis pas un robot, même si les années ont passé, l'émotion reste encore vive. Lorsqu'il clôture l'entretien, je sens une certaine empathie de sa part :

– N'essayez pas forcément de vouloir tout réparer, il faut vivre et aller de l'avant.

Cette phrase me fait chaud au cœur, je quitte le bureau de l'expert détendue et soulagée. Demain il a rendez-vous avec mon père, puis avec ma mère. Il rédigera ensuite son rapport.

Quelques jours plus tard, alors que je m'attendais à recevoir les conclusions de l'expertise, M. Truchet me téléphone :

– Il faut que je vous revoie. Je sais, ce n'était pas prévu, mais vous devez revenir.

Le lendemain, je retourne à son cabinet. Sa poignée de main est sèche, son regard chargé de mépris. Il s'est passé quelque chose. Après s'être assis en face de moi, il ouvre la bouche, un coup de tonnerre :

– Vous m'avez menti.

Cette phrase me fait l'effet d'une déflagration. Je me ressaisis, je ne dois pas me laisser abattre. Jamais. Et surtout pas maintenant, l'avenir de mes enfants en dépend. Je reste calme malgré la violence de l'accusation.

– Non, je n'ai pas menti.

– Il ne s'est rien passé chez vos parents, absolument rien !

Je réfléchis rapidement pour trouver les arguments les plus probants afin de prouver mon innocence.

– J'ai été rejetée et maltraitée par ma mère, comme je vous l'ai dit la dernière fois. D'ailleurs, l'attestation de ma sœur Madeleine le décrit parfaitement.

– Ça ne prouve rien.

– Et pourquoi ?

J'écarquille les yeux, sidérée.

Il lève les bras au ciel comme si je venais de poser une question stupide.

– Eh bien, parce qu'elle a été violée, elle aussi !

Je ne comprends toujours pas ce qu'il veut dire.

– Et quel est le rapport entre les viols du grand-père et la maltraitance que j'ai subie ?

– Vous avez créé une sorte de « roman familial » dans lequel vous vous êtes inventé une mère maltraitante parce que vous avez été violée par votre grand-père.

Je ne peux plus respirer ni déglutir. Il énonce cette phrase comme une évidence, pas comme sa version de l'histoire, mais comme la vérité. Indiscutable. Incontestable.

– Et ma sœur aussi a menti, alors ?

– Oui.

– Parce qu'elle a été violée ?

– C'est ça.

Un blanc. Une rupture.

Cette scène n'est pas réelle, ce n'est pas possible. Je vais me réveiller, sortir de ce cauchemar. Il ne peut pas dire un truc aussi monstrueux : avoir inventé la maltraitance de ma mère parce que j'ai été violée par mon grand-père ! Comment aurais-je pu inventer une chose pareille ? Et mes sœurs mentiraient aussi ? Ça ne tient pas debout, il va s'en rendre compte. En attendant, je retourne au front, je ne lâche pas. De nouveau, j'explique mon histoire en allant à l'essentiel. Notre dossier contient de nombreuses attestations d'amis et de membres de la famille qui avaient aussi perçu que quelque chose n'allait pas. M. Truchet m'entend mais ne m'écoute pas, il me laisse parler et ne me pose aucune question. Les jeux étaient déjà faits avant que j'arrive. Je ne peux pas m'y résoudre, je n'abandonne pas, jusqu'à cette autre phrase monstrueuse :

– Je sais les reconnaître, moi, ceux qui mentent. J'ai l'habitude.

Nouveau blanc. Le cauchemar dure, interminable.

– Dans ma carrière, j'ai rencontré des enfants avec d'atroces brûlures sur le corps et qui voulaient encore voir leurs parents. Et vous, vous n'avez rien. Pourquoi vous en voulez autant à vos parents ?

– Je viens de vous le dire.

– D'abord, pourquoi elle aurait fait ça, votre mère ? Non, je ne comprends pas pourquoi elle vous aurait traitée comme ça. Il ne s'est rien passé chez vos parents !

Sur ces paroles, il se lève pour clôturer l'entretien. Je fais de même, je dois lui dire au revoir, comme si tout était normal, comme s'il ne m'avait pas fait vivre un cauchemar.

Je me retrouve dehors, glacée, malgré une douceur prématurée pour un mois de mars. Je reste immobile devant ma voiture, dans un état second. J'appelle Arnaud.

– Ne t'inquiète pas. Il peut dire ce qu'il veut, n'empêche qu'on a un dossier avec des attestations sur l'honneur, des faits. La juge en tiendra forcément compte. Et puis, peut-être qu'il voulait juste te tester.

– T'as raison. Le dossier reste le plus important pour le procès et il est largement en notre faveur. Ce M. Truchet n'avait pas le droit de me dire que je mentais !

– Je ne sais pas s'il est compétent. En tout cas, il s'est laissé manipuler par tes parents, à moins que ce ne soit du bluff.

La conversation terminée, je monte dans ma voiture. Avant de démarrer, je sens la rage de vivre revenir ; la combattante se relève.

J'irai porter la vérité jusqu'au bout.

Tenir bon

Depuis mes dix-huit ans, je n'ai cessé de me battre pour qu'éclate la vérité. La première fois qu'Arnaud a pu constater les ravages provoqués par cette maltraitance psychologique, j'ai eu peur de le perdre.

Yvette lui a ouvert, il monte les escaliers, entre dans ma chambre et me trouve allongée par terre au milieu de mes feuilles de cours. Mon corps est secoué par de violents sanglots. Je ne peux ni me lever ni m'arrêter de pleurer, je gis dans ma douleur. Je pourrais m'y perdre s'il n'y avait mes cours et… lui, Arnaud. Je viens de raccrocher d'avec mon père. Arnaud va m'aider à me relever, me redonner espoir. Peut-être qu'il partira un jour, qu'il ne voudra plus voir ça ? J'aurais préféré qu'il n'assiste pas à cette scène : la fille qu'il aime recouverte par le manteau noir. La fille qu'il aime devenue inaccessible, aspirée par la douleur, une douleur intérieure sur laquelle on ne peut pas mettre de mots…

– T'en fais pas, ton père ne peut plus rien contre toi, tu es majeure, tu peux faire ta vie.

– Oui, je sais, mais il continue d'appeler et…

– Eh bien, ne réponds pas.

– Et si c'est toi ? Je vais quand même pas payer l'affichage du numéro alors que j'ai à peine de quoi bouffer ! Et puis je préfère répondre pour qu'il arrête de rappeler sans cesse.

– Je suis là maintenant, on va faire notre vie tous les deux et ton père, on s'en fout !

Il sourit et me prend dans ses bras, je souris aussi, je vois bien qu'il est sincère.

– Allez, viens, on va fêter ton anniversaire ! Tu as dix-neuf ans !

La vie sans Arnaud ? Je n'arrive pas à l'imaginer. On se voit tous les jours ou presque, sinon on se téléphone. Pas un instant sans qu'on échange nos états d'âme, sans que je revoie son sourire, sa joie de vivre. Alors que je me sens souillée et abîmée, Arnaud me regarde comme si j'étais pure… Il a raison, ce n'est pas moi qui suis sale, mais ce que l'ogre a fait, le grand-père, à sa petite-fille… Arnaud est toujours là. Jamais inquiet pour l'avenir, notre avenir. Un roc. Une force inébranlable…

Je me souviens que, cette année-là, j'ai dû me faire arracher les dents de sagesse et que j'ai appelé ma grand-mère maternelle. Elle a toujours été là pour moi, elle a toujours eu à cœur de m'envoyer des livres, de me considérer comme sa petite-fille. Elle m'a aimée. Des années plus tard, mes sœurs vont me reprocher mon attachement à mamie. Elles vont même être révoltées que je continue à la voir, elle, la femme du grand-père incestueux. Si elle savait ? Je ne me suis jamais posé la question jusqu'à son décès il y a dix ans. Oui, sans doute, ma grand-mère savait qu'il se passait quelque chose. Mais elle se gardait bien de découvrir quoi exactement. À treize, quatorze, quinze ans et bien plus tard encore, mamie reste mon seul soutien, la seule qui se préoccupe de moi, qui pose des questions sur mon futur. Quand je parle avec elle, je sens que je compte. Je suis importante. Comment expliquer à Madeleine et à Estelle que mamie reste la seule adulte de la famille à colmater par moments les trous dans mon cœur ? Trous qui n'ont cessé de s'agrandir au fil des années, au fur et à mesure que la violence de mes parents s'est déchaînée. Bien sûr que mon grand-père, le violeur, a abîmé quelque chose en moi, c'est irréparable. Bien sûr que si mon corps est devenu un étranger, il en est certainement responsable. Bien sûr qu'il est coupable d'un des pires crimes qui existent. Bien sûr. D'un point de vue extérieur, on peut être choqué par cette bouée de sauvetage que fut pour moi mamie. Mais un enfant ne peut pas grandir sans l'amour d'un adulte qui lui fait comprendre qu'il est important pour lui, qu'il existe, qu'il a le droit de vivre, de respirer, de manger. Tout simplement pour ne pas crever ! Et cet adulte, c'était ma grand-mère maternelle. Je suis encore bouleversée aujourd'hui quand je vois la misère affective dans laquelle j'ai grandi et j'espère que Madeleine et Estelle comprendront que je n'ai pas eu le choix. J'ai voulu vivre et c'était à ce prix…

Les professeurs nous ont répété que même si le BTS est un bon diplôme, les débouchés restent limités. Il faut donc que je réserve un budget pour constituer des dossiers et passer des concours dans le but d'intégrer un IUP l'année prochaine. Mon argent gagné dans les maïs a été englouti par les loyers. Ma bourse sur critères sociaux ne suffit plus. Me voilà pieds et poings liés. Je vais devoir faire une croix sur mes dossiers d'inscription, j'ai d'autres priorités ! Ça recommence… De quoi vais-je vivre demain ? Sans compter que la cohabitation avec Yvette devient éprouvante. Et Arnaud qui doit partir pour Grenoble ! Il va y passer les six prochains mois pour son stage de fin d'études et logera au Foyer des jeunes travailleurs d'une petite ville : Lagur.

Le téléphone sonne. Je sursaute.

– Lucie, c'est Chloé, ta cousine. Je vais partir trois semaines en stage, je peux te prêter mon appartement pendant ce temps. Maman m'a dit que ta situation financière est très compliquée, que tes parents ne veulent toujours pas t'aider. Elle veut faire quelque chose pour toi. T'as qu'à venir quand tu veux. Dès demain si ça t'arrange, même si je ne pars que dans une semaine.

– Merci beaucoup, Chloé.

Je vais pouvoir me nourrir et même présenter quelques dossiers pour l'année prochaine. À présent, je prépare mon sac pour aller chez Arnaud. C'est la dernière fois que nous sommes ensemble avant longtemps. Je ne pense pas, je ne peux pas, je redeviens une machine : je me transforme en robot quand la douleur est trop forte.

Le torchon

Nous attendons le compte rendu de l'expert. Arnaud affiche une certaine sérénité. De mon côté, les doutes et l'angoisse ne me laissent pas en paix. Dans le tourbillon du quotidien, les rires d'Anna, les discours de Théo et les câlins d'Amandine m'apportent l'oxygène indispensable à ma survie. Les enfants réclament une présence permanente et repoussent ce noir, même si parfois il parvient à s'immiscer dans ma vie de famille.

– Maman, t'es où, là ? T'écoutes pas c'que j'dis ! râle Anna.

Le compte rendu finit par arriver au milieu des factures et des publicités. Je ne sais que penser de ce courrier posé devant moi sur la table.

L'expert commence par quelques lignes sur mon mari, il n'en dit rien de particulier. Arnaud a bien répondu au test final basé sur des photos en noir et blanc. Le principe consiste à analyser les émotions suscitées par différentes scènes, pour en conclure que la personne est « normale » ou « pas trop ». Bonnes réponses et bonnes attitudes pour Arnaud, M. Truchet lui a accordé les bons points. Arrive ensuite la description de la personnalité de mon père. Bizarrement, lui aussi a gagné des bons points. Il s'est tenu tranquille, il a réussi à ne pas crier, il s'est maîtrisé, phénomène rare quand la conversation porte sur moi. Il a orienté l'entretien sur mes propos lors de la plaidoirie, et a répété que tout était faux. Ensuite il a pleuré, ou plutôt « s'est effondré », comme l'écrit M. Truchet. L'expert a été touché et l'a gratifié d'une bonne appréciation. Mon père entre donc dans la norme… Ensuite vient le cas de ma mère. Elle dit avoir toujours eu de grandes difficultés avec sa fille Lucie. Je me souviens qu'elle disait le contraire au début du procès : dans l'assignation il est noté que longtemps mes parents n'ont jamais eu de problème avec moi. N'ayant pas pris connaissance du dossier, M. Truchet n'a pas pu relever la contradiction. Il cite ma mère : « J'ai tout fait pour Lucie, pourtant elle ne veut plus me voir. » L'expert indique que ma mère a été bouleversée par leur entretien pendant lequel elle a pleuré. Selon lui, les pleurs de ma mère attestent d'une réelle souffrance causée par le manque d'égards de sa fille Lucie. Ma mère a insisté sur le fait que sa fille l'a rejetée.

J'ai de plus en plus de mal à respirer. Je dois interrompre ma lecture. J'ouvre la fenêtre, je regarde le ciel lumineux, les arbres imperturbables, j'entends les chants des oiseaux et je reviens à la vie. La vraie vie. Je dois retrouver mes forces, surmonter l'horreur écrite là, dans cette liasse de feuilles.

J'entends mes enfants rire et je les rejoins. Ils jouent dans la chambre d'Anna. Amandine regarde son frère et sa sœur en leur chipant des cartes.

– Non, tu peux pas jouer, tu es trop petite ! la rappelle à l'ordre Théo.

– Si, elle joue avec moi, répond Anna.

La petite va s'installer sur les genoux de la grande, le calme revient. Je profite de ce moment pour retourner à ma terrible besogne. La lecture du compte rendu de l'expert. Où en étais-je ? C'était à mon tour d'être disséquée.

L'expert raconte que lorsque je réponds aux questions, je pleure parfois beaucoup, je ne peux contenir mon émotion : il parle d'effondrements dépressifs suivis d'agitation, d'exaltation. Il va jusqu'à évoquer un caractère « borderline », puis, cerise sur le gâteau, il détaille ma vie sexuelle, ni plus ni moins. Il m'avait posé des questions très intimes, j'avais hésité à répondre mais j'avais voulu bien faire pour les besoins de la procédure. J'ai fait l'erreur de parler en faisant confiance à

M. Truchet. Je n'ai pas imaginé une seule seconde qu'il puisse retranscrire mes réponses telles quelles. Écrire tout cela, en sachant que mes parents vont le lire, représente une nouvelle atteinte à mon intimité. Je pensais que, avec son titre d'expert, il respectait une certaine éthique. Je me suis trompée…

Je poursuis ma lecture et j'arrive aux conclusions du fameux exercice basé sur les photos en noir et blanc. L'expert m'attribue une note catastrophique : rien n'est « normal » chez moi !

Le rapport se termine par un bilan global : j'ai créé un roman familial, j'ai tout inventé concernant l'attitude de mes parents. M. Truchet conclut que les viols du grand-père m'ont fait imaginer le reste. Je ne peux plus lire. J'éprouve une profonde injustice avec le sentiment qu'on n'y arrivera peut-être pas : tout s'emmêle dans ma tête et me donne la nausée.

À cet instant, Arnaud entre dans la pièce. Il me trouve devant cet atroce papier, les larmes jaillissent et ne s'arrêtent plus. Il veut me prendre dans ses bras, je l'en empêche.

– Lis, lis d'abord !

Après lecture, mon mari, très calme, sourit et déclare :

– Ça va leur retomber dessus, ce M. Truchet est allé beaucoup trop loin, ça va se retourner contre eux !

Garder espoir

Un mois après avoir reçu l'expertise, je me ressource auprès de mes enfants. Ils me galvanisent. Des ballons rouges et jaunes se balancent contre le portail vert. C'est l'anniversaire de Théo. Il court derrière des bulles de savon.

– Maman, ils arrivent quand, les copains ?

– Il faut attendre encore un peu, Théo.

– Tu crois que le soleil va faire exploser les ballons comme pour l'anniversaire d'Anna ?

– Si c'est le cas, j'espère que tes amis seront déjà là !

– Mais si les ballons sont craqués, ils comprendront quand même que c'est ici, mon anniversaire ?

– Bien sûr, ne t'inquiète pas, Théo.

Lorsque les premiers camarades arrivent avec leurs parents, le soleil brille toujours et les ballons sont intacts, triomphants.

– Regarde, maman, je t'avais bien dit que Théo avait un château gonflable !

Lucas enlève déjà ses chaussures et meurt d'envie d'aller sauter dans le château. Je lui donne mon accord. Théo et Léane, qui vient d'arriver, le suivent.

– Vous êtes célèbres à l'école pour ce fameux château ! me lance la maman de Léane.

– Je sais, maintenant plus de questions à se poser concernant les activités !

– C'est un vrai succès !

– Merci. Je compte bien faire aussi une chasse au trésor !

– Beau programme ! À tout à l'heure.

C'est parti pour trois heures de rires, de surprises et de joie. Voilà un après-midi de bonheur. Du bonheur à l'état pur.

Mes enfants grandissent loin du noir de mon enfance, préservés. Ils savent que leur mère n'a pas été bien traitée, ils apprendront les détails plus tard. Pour l'instant, ils vivent heureux, simplement entourés de l'amour de leurs parents.

Comme toujours lorsque nous nous rendons chez l'avocat, un nœud me serre l'estomac. Aujourd'hui c'est encore pire : relire et discuter du rapport calomnieux de l'expert me semble au-dessus de mes forces. Devoir encore me justifier et étaler mon passé sur la table me paraît insoutenable. Arnaud me rassure, Me Latour sait où est la vérité.

Après une vigoureuse poignée de main, il nous fait entrer dans son bureau. Chacun s'installe et déjà le fameux rapport prend toute la place sur la table.

– Un torchon, un véritable torchon ! s'écrie Me Latour.

Je respire.

– Il a franchement pris parti pour vos parents !

– Oui, c'est incroyable, renchérit Arnaud.

– L'expert m'avait dit qu'il laisserait une porte ouverte à mes parents dans son rapport.

– C'est pas une porte qu'il a laissée, là, mais plutôt une autoroute ! répond Me Latour.

– Je sais bien, je l'ai lu.

En voyant mon air dépité, il ajoute :

– Ce rapport, clairement en faveur de vos parents, va les desservir.

Soudain je repense à ce qui est écrit sur ma vie intime et au fait que mes parents possèdent eux aussi ce document, et j'ai envie de hurler. Hurler à l'injustice, à la calomnie. Hurler pour que cesse l'affront qui m'a été fait.

– Maître Latour, vous avez tout lu, vous avez vu ce qu'il a écrit sur ma vie intime ?

– Oui, j'ai lu.

– Je ne sais pas si vous pouvez imaginer ce que je ressens aujourd'hui, à quel point j'ai été salie à nouveau.

– C’est bien pour ça que j’ai qualifié ce rapport de « torchon » !

– La juge va être choquée elle aussi ? N’est-ce pas ?

– Justement, on a changé de juge, j’allais vous en parler. Les postes haut placés tournent très souvent, les magistrats sont donc régulièrement affectés ailleurs. Un homme remplace notre juge. Ne vous inquiétez pas.

– J’espère qu’il sera choqué par ce qu’a écrit l’expert.

– Oui, d’autant plus que M. Truchet, dans son rapport, ne mentionne pas les attestations, il ne les a même pas lues. Rendre une expertise sans tenir compte du dossier, c’est plus que surprenant, conclut Me Latour.

J’essaie de me rassurer, mais une inquiétude persiste.

– Pourtant, M. Truchet m’a dit qu’en général les juges suivent les avis des experts…

– Pas forcément. Les juges se font avant tout leur propre idée. Mais c’est vrai que, même si ce rapport est un torchon, il pourrait nous nuire, concède Me Latour.

Le noir m’envahit, mais un rai de lumière persiste : Estelle. Elle seule peut rétablir toute la vérité, elle qui a tout vu, elle qui sait ce qu’ils m’ont fait. Elle ne peut pas laisser le mal triompher.

Après notre rendez-vous avec Me Latour, j'ai envoyé le rapport de M. Truchet à Estelle. Il fallait qu'elle voie jusqu'où le mensonge était allé, jusqu'où l'ignominie les avait conduits. Elle doit l'avoir reçu maintenant, je vais attendre encore un peu, puis je l'appellerai.

Je marche dans la campagne comme tous les jours, la beauté de la nature m'aide à chasser le passé et à profiter du moment présent. Mon portable sonne. Normalement je ne réponds pas, je ne regarde pas qui m'appelle. Je trace ma route, libre. Mais aujourd'hui, je lis le nom affiché sur l'écran : Estelle. Je décroche.

– Salut, Estelle !

– Lucie, je t'appelle parce que j'ai lu le rapport.

– Oui, et alors ?

– J'ai bien réfléchi.

C'est plus fort que moi, je me mets à trembler comme une feuille. Estelle reprend :

– L'année dernière tu m'as envoyé le jugement : il est écrit noir sur blanc que le grand-père nous a violées. Tu m'as apporté sur un plateau d'argent ce que je cherchais à obtenir depuis des années. Tu te rappelles, j'avais voulu porter plainte, raconter les actes et que cela soit reconnu. Mais comme il est mort, on ne peut pas ouvrir de procès. Et parce que j'étais la seule à raconter les viols, ils ont classé le dossier. Terminé, *pfuit* ! Comme si rien ne s'était passé.

– Je me souviens, tu m'avais demandé de parler aussi, mais je ne pouvais pas. Je t'ai laissée seule, je n'arrivais pas à me confronter à l'horreur du passé.

– C'est vrai, mais tu m'envoies ce jugement avec la reconnaissance de la justice. Je vais t'aider, je ne vais pas laisser ce tissu de mensonges comme dernier mot dans votre dossier ! Je vais faire une attestation.

– Merci, après ce sera trop tard, c'est la dernière chance pour que la vérité sorte enfin de tous ces placards où elle a été enfermée…

– J'ai attendu longtemps pour me décider, mais c'était trop dur de remuer le passé. À présent, il en va de ma responsabilité de parler. Je vais le faire, et d'abord pour moi. J'ai toujours pensé que la vérité ne sortirait jamais et qu'il fallait vivre comme ça. Aujourd'hui, je me rends compte que je n'ai plus le choix, je ne peux pas me taire, ce serait cautionner la version de l'expert.

– Je comprends, je ne t'en ai pas voulu.

– Allez, à plus, Lucie, j'ai du boulot !

– Bon courage, Estelle !

En reprenant ma marche, je me dis qu'enfin notre dossier sera complet. Sans l'attestation d'Estelle, il manquait un maillon essentiel.

S'affranchir

Après avoir fêté mes dix-neuf ans et accompagné Arnaud à la gare pour qu'il puisse commencer son stage à Lagur, je rentre chez moi plier bagage. Dans le salon d'Yvette, je tombe nez à nez avec mon père. Que fait-il là ? Je croyais être enfin libre et m'être défaite de tout lien toxique.

– Voilà, j'ai tout arrangé, j'ai payé ton loyer, tu vas encore rester un mois ici.

Il me regarde avec son air tyrannique et attend que je m'incline devant lui. Je ne plierai pas. Je ne plierai plus. Je le regarde droit dans les yeux.

– Non, je m'en vais.

D'un geste de la main, il balaie mes paroles comme on chasse une mouche.

– Ça suffit ! Tu vas rester ici, comme je l'ai dit à Yvette. Tout est réglé.

Il me parle comme à une gamine de quatre ans qui fait un caprice dans un magasin. Je ne me démonte pas, ma force s'est décuplée ces derniers mois.

– Oui, tout est réglé, je m'en vais.

– Et tu vas aller habiter où ?

– Ça ne te regarde pas.

– J'ai besoin de votre nouvelle adresse pour envoyer la facture de téléphone quand je l'aurai, intervient Yvette.

– Je passerai vous régler.

– Et si vous ne venez pas ? Non, donnez-moi votre adresse.

Quand elle l'aura, elle la transmettra à mon père. J'ai bien vu quand je suis arrivée qu'ils étaient de connivence. Prise au piège, je dévoile mon nouveau repaire. Puis je me dirige vers les escaliers sans un regard pour mon père, bien décidée à ne plus jamais vivre sous le joug de quiconque.

Le lendemain matin, Samuel arrive de bonne heure pour m'aider à déménager.

– Heureusement que t'as pas grand-chose à trimbaler ! C'est déjà la troisième fois !

– Samuel, je suis vraiment désolée…

– Holà, je rigole ! S'il faut le faire dix fois, je le ferai !

Il ne croit pas si bien dire. Je n'ose pas l'informer que je vais loger chez Chloé pour trois semaines. Je dois vivre au jour le jour, c'est le prix à payer pour ma liberté.

J'habite avec ma cousine depuis quelques jours. Chaque matin, une surprise m'attend dans la boîte aux lettres. Un trésor. Arnaud m'écrit tous les jours. Des lettres magnifiques, remplies d'amour et de projets pour l'avenir, notre avenir. Je suis heureuse et bouleversée.

Il ne me vient pas à l'idée de lui répondre. Pas une seule fois je ne lui envoie une lettre en retour… Je ne me demande pas pourquoi je n'écris pas. Tous les jours, j'ouvre la boîte aux lettres avec bonheur et soudain le soleil brille plus fort. Avec le recul, je me dis qu'essayer de mettre en mots ce bonheur tout neuf me faisait peur. Cet amour qui venait d'éclore risquait de se briser. À cette époque, mon quotidien reste dur, ma situation précaire. Même si je sais qu'Arnaud est sincère, je ne peux pas me projeter, je vis en me demandant où j'irai quand Chloé n'aura plus d'appartement. Je ne me risque pas à penser à long terme, je savoure chacune de ses lettres et c'est déjà immense.

J'entame des démarches pour essayer de continuer mes études l'année prochaine. Je monte des dossiers pour intégrer des IUP. Une école de commerce est inenvisageable car elles sont beaucoup trop onéreuses.

Le temps passe. Chloé va rendre son appartement à la fin de la semaine. Elle m'a tirée d'un mauvais pas provisoirement. Au lycée, les gens parlent et ma situation en révolte beaucoup. Un matin, Véro vient me voir, elle a une solution pour moi.

– Ma colocataire s'absente quelque temps, tu peux venir habiter avec moi !

En l'espace de quatre mois, je vais déménager une dizaine de fois, un véritable élan de solidarité va se déclencher. Les copains du BTS vont s'organiser pour me loger. En dépit de tous leurs efforts, j'ai bien failli dormir dehors une fois. Un trou dans le planning d'entraide imaginé par mes amis. Jusqu'au dernier moment, ma situation est restée désespérée. Assise sur un banc public, j'ai caché ma tête dans mes mains et j'ai pensé contacter un foyer d'hébergement. Mon ultime recours. Mais Margaux m'a sauvée.

– Lucie, si tu n'as toujours pas d'endroit où dormir demain, tu peux venir chez moi.

Immense soulagement. Les soucis d'argent ne sont pas réglés pour autant. Il faut que je trouve un moyen de subvenir à mes besoins, car à partir du 1er juillet, je n'aurai plus mes bourses d'étudiante. Que je continue ou non mes études, je ne toucherai rien durant les deux mois d'été, c'est la règle. Mon BTS en poche, je ne trouverai pas tout de suite un travail, il ne faut pas rêver. Je dois me focaliser sur mes révisions en cherchant sans relâche des solutions pour mon logement au jour le jour.

Au milieu de toutes mes incertitudes reste une valeur sûre : je vais chez Arnaud la première semaine du mois de mai. La séparation est moins douloureuse que ce que j'avais imaginé. Ses lettres m'ont aidée à surmonter les tourments du quotidien et les jours ont vite défilé. Je n'ai pas ressenti de vide sans Arnaud. À moins qu'Arnaud parti, inconsciemment, je ne me sois anesthésiée pour ne pas ressentir la douleur de la séparation ? Ou bien l'échéance du BTS si proche, dans dix jours, et mes soucis de logement m'ont accaparée tout entière ? Ce qui est sûr, c'est que ce matin dans le train, j'ai le cœur en fête à l'idée de retrouver celui que j'aime…

Il est là, sur le quai de la gare. Tranquille, le sourire jusqu'aux oreilles. Il me serre fort dans ses bras. Longtemps. Alors je ressens tout ce qui m'a manqué, tout ce que j'avais fait disparaître pour ne pas souffrir. Dans ses bras, je reviens à la vie, celle que m'ont enlevée mon grand-père et mes parents. Celle que j'ai dû remplacer par le robot qui obéit et se tait. Oui, mais le robot, insensible à la douleur, m'a sauvée. Arnaud a réveillé l'autre vie en moi, mon cœur qui bat plus fort à l'idée de le retrouver, le corps qui tremble de joie, qui accueille le désir, le corps qui veut oublier et qui y arrive parfois. Oui, Arnaud, c'est toi qui as permis cela. Vingt ans après, je le comprends. Comment aurais-je pu t'écrire cela en réponse à tes lettres remplies d'un amour pur, magnifique ? En y répondant, j'aurais parlé de mes sentiments mélangés : l'amour, déjà si fort, mais aussi le noir de l'enfance, toujours menaçant. À dix-neuf ans, je n'osais pas mêler notre amour et mon passé, je ne voulais pas salir notre histoire. Pour une fois que quelque chose de beau m'arrivait, j'avais peur de tout casser, alors j'ai regardé tes lettres, Arnaud, je les ai lues et relues. C'est comme ça que je gardais notre amour vivant.

Des années après, je l'interrogerai :

– Comment as-tu pris le fait que je ne t'aie jamais écrit ?

– Mais je n'attendais rien !

Tout simplement. Il ne l'a pas fait pour obtenir quelque chose de moi.

Estelle

Je la trouve enfin dans la boîte aux lettres, l'attestation tant attendue. Je l'ouvre, fébrile. Une page à peine. Estelle a résumé notre histoire en quelques lignes. Un coup de couteau dans mon ventre. Comment est-ce possible ? Il va manquer des choses capitales. C'était l'occasion ou jamais ! Madeleine a écrit une quinzaine de pages ! Le corps tendu comme un arc, je lis. L'essentiel est dit. Des faits. Le fonctionnement des repas, ce quotidien dans lequel j'étais bafouée, Estelle l'a écrit avec simplicité et ses mots me déchirent les entrailles. Elle raconte ce qui se passait après, une fois que j'étais seule dans ma chambre, éjectée du repas familial. Et jamais je ne l'aurais imaginé. Je ne pensais pas que pour mes parents, il était logique que je ne termine pas mon repas, quel que soit le moment où ils m'avaient interrompue. Leur cruauté a profondément marqué Estelle. Non seulement elle trouvait injuste mon éviction des repas familiaux, mais surtout elle devait réclamer qu'on me laisse quelque chose à manger. La peur au ventre, elle demandait à garder des restes pour sa sœur. Et elle le payait cher, très cher. Mes parents la rabaissaient, l'humiliaient, la traitaient de « chien de Lucie ». Chaque fois qu'elle les suppliait pour qu'ils mettent un peu de nourriture de côté pour moi, elle recevait cette réponse : « Tu n'es rien pour Lucie, son chien, c'est tout. »

Estelle se rendait bien compte que prendre ma défense ne changerait jamais leur attitude. Et leur réponse la faisait souffrir, elle a dû se taire pour se préserver. Mais elle n'a jamais lâché lorsqu'il s'agissait de garder de quoi me nourrir.

Cette lecture m'a retournée. Estelle aussi a grandi isolée et sans amour, dans un climat d'insécurité permanente. Alors, on était deux. « Unies comme les doigts de la main. » J'aimais le lui dire, et je le pensais du fond du cœur. Les deux doigts d'une main au milieu du vide. Ensemble et terriblement isolées chacune de son côté. Isolées dans notre malheur. Je me battais pour exister dans cette famille qui me rejetait, et elle luttait pour que sa sœur soit acceptée. J'en ai les larmes aux yeux.

Ces années de souffrance ne s'effaceront jamais. Ces profondes blessures dans le cœur peuvent-elles guérir ? Peut-être faut-il seulement apprendre à vivre avec ?

*

Je me revois raide et tremblante sur le seuil de la cuisine, hésitant à franchir les quelques mètres qui me séparent de ma place, entre mon père et Estelle, loin de ma mère. Les places sont attribuées sans qu'aucun mot soit prononcé. Personne n'en a jamais changé. Tout était décidé d'avance. Je me recroqueville sur ma chaise. Je baisse la tête, les yeux fixés sur mon assiette, surtout ne jamais regarder ma mère. Ma respiration se bloque. Le grand manteau noir m'enveloppe tout entière. Il est là. Entre eux et moi. Il me serre le thorax, mon estomac se comprime, je n'ai pas faim. Je n'ai jamais faim. Même si je me suis levée tôt, même s'il est 14 heures. Tout est broyé à l'intérieur de moi. Mécaniquement, ma main amène ma fourchette vers ma bouche, il faut manger ce que je peux avant que… Trop tard, elle hurle déjà, elle a renversé son verre d'eau, c'est à cause de moi, de mon attitude ignoble. Je ne bouge pas, j'essaie de ne pas ralentir le mouvement mécanique de la fourchette, j'ai si peu mangé aujourd'hui… Elle s'étrangle de rage, ne comprend pas que je sois encore là. « Dans ta chambre ! Tu montes tout de suite ! » Mes jambes se lèvent et m'emmènent dans mon refuge et ma prison. Ni mon estomac ni mon thorax ne se desserrent, pris tous les deux dans un effroyable étau.

*

Avec Estelle, nous avons reparlé du contenu de son attestation, mais j'ai senti qu'il ne fallait pas s'appesantir sur le sujet. Elle l'a écrite, c'est terminé. Y revenir ravive des douleurs beaucoup trop intenses. Elle me fera comprendre à plusieurs reprises qu'elle ne veut plus parler du passé.

Patience et longueur de temps…

Quelques mois plus tôt, notre avocat transmettait l'attestation d'Estelle au juge. À présent, il nous fait part d'un courrier que la « partie adverse » a ajouté à son dossier : une lettre d'une des sœurs de mon père.

Ce courrier me dérange, d'abord parce qu'une tante prend parti pour mon père, et surtout parce qu'il est mensonger. Ma tante écrit que lorsqu'elle venait chez nous, elle ne constatait rien d'anormal. Elle précise qu'elle nous rendait visite régulièrement. Or, ma tante n'est venue chez nous qu'une seule fois. Une unique fois en douze ans, et pas à l'improviste.

– Il ne vaut rien, ce papier, me dit Arnaud.

Je vois bien que ce n'est pas une véritable attestation, c'est un simple papier libre et ce n'est pas un hasard. En fait, ma tante a voulu aider mes parents sans prendre de risque devant la justice. Ses autres sœurs, elles, ont rédigé leurs attestations dans les règles : elles ne veulent pas que mes enfants soient les otages de cette pestilence familiale. Elles savent bien qu'elles rendront furieux mon père. Le souci de justice ne les a pas laissées hésiter longtemps. Après leur témoignage, c'en sera fini de leur relation avec leur frère.

La vie continue, ponctuée de ces moments d'angoisse chaque fois que je vois un courrier de Me Latour dans la boîte aux lettres. Pas plus tard que ce matin, mes mains tremblaient lorsque j'ai saisi l'enveloppe avec le tampon de l'étude. Quelques jours plus tôt avait eu lieu une audience. Une de plus. Toutes ces audiences génèrent des courriers, puis des conclusions qui répètent pour la énième fois ce qui a déjà été dit ou écrit. J'ai la sensation terrible d'être coincée dans une spirale infernale. Seuls une nouvelle plaidoirie puis un jugement pourront venir la briser.

Gagner ce procès est la seule issue possible. Il ne peut en être autrement, tout ce temps passé à faire sortir la vérité dans le bureau de notre avocat et tous ces rapports rédigés, ça ne peut pas être en vain !

En attendant, tous les vendredis nous allons à la médiathèque avec les enfants. Au milieu des livres, j'ai l'impression que le mal n'a pas sa place. Il reste à la porte. Rien de mauvais ne peut arriver ici. Enfant, j'ai passé beaucoup de temps à la bibliothèque municipale. Plusieurs heures d'affilée parfois. Estelle et moi faisions de la clarinette et du solfège à des horaires différents. Il nous fallait attendre, car ma mère ne voulait pas multiplier les trajets. La bibliothèque est restée un refuge pour moi. J'aimais le plancher d'époque qui craquait doucement à chaque pas. J'appréciais le calme, le silence qui n'évoquait pas l'isolement. Il n'y avait pas d'angoisse, mais une douce quiétude. Chacun vaquait à ses occupations, soit de lecture, soit d'écriture. C'était un lieu où je me ressourçais entre deux tempêtes.

Aujourd'hui, je continue à aller à la médiathèque, même si je préfère l'ancienne appellation, plus familière et nettement plus évocatrice de souvenirs. Mes enfants aiment les livres, ils cherchent dans les rayons le roman ou la bande dessinée qui va leur donner envie. Anna lit des petits romans et commence à s'intéresser à *Boule et Bill*, aux *Tintin*. Théo ne lit pas encore, alors il choisit des albums que je leur lirai le soir, tous les trois installés autour de moi, le livre ouvert sur mes genoux.

Fin septembre, Anna insiste pour ouvrir la boîte aux lettres.

– Maman, maman, donne-moi la clé pour prendre le courrier !

Anna, les yeux qui brillent, tend sa petite main vers moi. Tous les mois elle attend son *Images Doc*. Elle saisit l'enveloppe et me la tend, déçue.

– Maman, c'est pour toi ou papa, y a rien pour moi…

Sa gaieté a disparu d'un coup.

– Demain, peut-être !

Me Latour nous a écrit. Encore ! Depuis trois ans que ça dure, je n'en peux plus. Pourtant, il faut bien que tout ça se termine un jour. Je veux d'abord préparer à manger et déjeuner avec mes enfants. Il est hors de question qu'une fois de plus mon passé vienne perturber la quiétude de mon foyer. Mais je ne peux résister à la tentation, le cœur battant j'ouvre la lettre : la date de la plaidoirie est fixée au 5 décembre. Soulagement et angoisse se mélangent. Bientôt la fin, mais si on perdait ce fameux procès ?

– Maman, t'es là ?

Anna, plantée devant moi, me fixe.

– Oui, on va manger.

Rangée, la lettre. Jusqu'au retour d'Arnaud.

La vie à deux

Au milieu de cette période faite d'incertitude et de peur du lendemain, quelque temps avant l'examen final du BTS, l'idée de passer une semaine avec Arnaud me revigore. Je suis arrivée quelques jours plus tôt, il loge au Foyer des jeunes travailleurs de Lagur. Dans ce petit village de montagne, les journées me paraissent très longues. Tôt le matin, il part faire son stage en entreprise. Pendant ce temps, je travaille et je fais des pauses musique. Axel m'a fait une compilation de hard rock avec mes chansons préférées. Merci, Axel. La musique me fait beaucoup de bien quand j'ai la tête qui sature à force de réviser. Vers 18 heures, Arnaud revient et m'annonce que dans une heure il va partir voir un match de foot. Tout s'effondre. Je ne réponds pas. Je ne peux plus le regarder. Tout le noir est revenu. Il n'est jamais très loin. Arnaud s'approche de moi, je le repousse doucement. Alors il me laisse et change de pièce. C'est mieux comme ça. Dans ces moments où je suis aspirée par le trou noir, il me faut du temps pour en sortir. Il part pour son match et me lance un « À tout à l'heure ! » guilleret. Il ne comprend rien. Dans la foulée, je descends à la cabine téléphonique du hall de l'immeuble. J'ai besoin de parler à mon cousin.

– Étienne ? C'est Lucie.

– Ça va ?

– Non. Arnaud est parti voir un match de foot.

– Et alors ? Il est où, le problème ?

– Tu ne comprends pas, il est parti. Il m'a laissée pour aller voir un match de foot.

– Il a bien le droit, laisse-le vivre !

Le coup de fil va durer presque une heure, il va me falloir tout ce temps pour revenir à la raison, comprendre qu'aller voir un match ne signifie pas abandonner sa petite copine. Non, ça n'a rien à voir avec moi. J'ai eu besoin des lumières d'Étienne pour y voir clair. Si Arnaud avait voulu m'expliquer, je n'aurais pas écouté, j'aurais crié ma colère. Le noir s'était mis entre nous. Mon cousin m'a aidée à le déloger. Lorsque Arnaud revient, je retrouve le bonheur de me blottir contre lui et mesure tout ce qu'il me faut réapprendre.

Quelques jours plus tard, je rentre à Clermont-Ferrand pour passer mon BTS. Le week-end suivant, je décroche un job pour juin et juillet et distribue des prospectus.

En août, avec mon diplôme en poche, je rejoins Arnaud. Le soulagement dû à ma réussite est de courte durée. Arnaud me met la pression : je dois trouver du travail, et vite ! Je ne comptais pas me reposer sur mes lauriers, juste peut-être souffler un peu. J'ai gagné quelques sous ces derniers mois, mais entre la nourriture et mes billets de train, il ne me reste presque plus rien. Et ce presque rien, je dois le garder pour payer mes trajets le jour où je trouverai du travail. Arnaud paie la nourriture pour nous, il ne veut pas que je participe. La situation est très inconfortable pour moi. Depuis plusieurs mois, je suis dépendante des autres pour me loger, c'est terrible, mais provisoire. Pour me nourrir, le cas ne s'était pas encore présenté. Je me résigne, je n'ai pas le choix. Pour la première fois, Arnaud s'inquiète. Jusque-là, ce n'était pas concret pour lui, mes potes m'hébergeaient, tout simplement. Maintenant, c'est lui qui se retrouve avec le paquet et ça ne lui plaît pas. Il ne s'exprime pas sur la question, il me dit juste ce que je dois faire : « Tu trouves un boulot et tu passes ton permis, après on verra. »

Le permis, c'est nouveau. Et je vais le payer comment, moi, le permis ? Pour lui, c'est tombé du ciel. Son permis, il l'a passé sans se soucier de qui paierait, papa et maman étaient là bien sûr. Je ne suis pas aigrie, mais je tombe des nues, je pensais qu'il comprenait un minimum certaines choses. Je commence à douter. Comment peut-il me demander de débourser une somme que je n'ai pas pour un permis dont je n'ai pas besoin pour l'instant ? Des années après, il me dira : « C'était pour plus tard, pour nos enfants, s'il faut les amener aux urgences et que je ne suis pas là. » Je pense qu'il ne comprend pas ce que je vis au jour le jour. Il ne se rend pas compte de la précarité de ma situation. On ne vit pas dans le même monde. Je n'aborde pas le sujet avec lui. Je me sens humiliée, rabaissée plus bas que terre.

Je lutte contre le grand manteau noir qui menace de m'envelopper de nouveau. Le diplôme du BTS dans mon sac m'aide à relever la tête. Mais le fait d'avoir chez lui une fille de dix-neuf ans, sans argent, rejetée par sa famille, dérange Arnaud. Je reste un problème pour tout le monde en fait, et l'amour qu'il me porte n'y change rien. Il s'inquiète, il a peur que je sois une charge. Un boulet, voilà ce que je suis pour lui ! L'amour ne peut pas lutter contre ça. Je ne vais pas me laisser abattre, je vais trouver du travail. Prouver que je ne suis pas un fardeau.

Dès le lendemain, je me rends à l'hôtel-restaurant le plus proche. Je mets en avant mon expérience acquise chez Étienne, je suis engagée sur-le-champ. Pendant trois semaines je m'occupe du service, le nombre de couverts très élevé à chaque repas m'impose une cadence infernale. Au moins j'ai un salaire, et même des pourboires !

À la fin de mon contrat, je passe en vain de nombreux coups de fil pour trouver un travail en rapport avec mon diplôme. Pour la dernière semaine d'août, Arnaud et moi nous accordons des vacances chez mon cousin Benoît. Il se réjouit d'être à l'origine de notre histoire. Il a récemment trouvé du travail près de Marseille et nous a invités dans son nouvel appartement. Ces quelques jours au bord de la mer me font du bien. Je décompresse un peu après le rythme épuisant du restaurant qui m'a obligée à consulter un médecin pour de violentes douleurs dans le dos.

À notre retour à Grenoble, dans une agence d'intérim, la responsable m'a demandé mon âge, puis s'est exclamée : « Dix-neuf ans ! Mais vous êtes bien trop jeune pour commencer à travailler ! Retournez à l'école ! » Si elle savait à partir de quel âge j'ai travaillé dans les champs…

Je finis par décrocher un emploi début septembre. Je vais loger chez une sœur de mon père qui habite Valence, à une demi-heure de bus de mon futur travail. De son côté, Arnaud termine son stage fin septembre et validera ainsi son diplôme d'ingénieur. Lui aussi a passé des entretiens d'embauche en août. Deux semaines après mon arrivée chez ma tante, il m'annonce la bonne nouvelle : il a trouvé un emploi à Valence ! Son contrat démarre en octobre. Tout s'arrange.

Arnaud est hébergé chez un copain en attendant de nous trouver un appartement. Pendant ce temps-là, ma tante ne cesse de me répéter que mon petit ami se moque de moi et n'a pas prévu qu'on emménage ensemble. « Il doit être très bien chez son copain et n'a pas envie de prendre un appartement avec toi ! » Je ne me laisse pas contaminer par sa mesquinerie, je ne la crois pas. Ma tante espérait que ma relation avec mes parents s'améliorerait et que je pourrais compter sur leur soutien financier pour m'installer. Elle comprend au fil des jours que, quoi qu'il arrive, mes parents ne feront rien pour moi. Ma présence se prolonge, ma tante s'inquiète de ne toujours pas me voir partir…

Novembre arrive, les insinuations de ma tante se multiplient, si bien que je suis presque étonnée lorsque Arnaud m'annonce : « Ça y est, j'ai enfin trouvé notre appartement, on emménage ce week-end ! » J'ai failli lâcher le téléphone, submergée par l'émotion et la joie. Alors, c'est le début du bonheur ? Le vrai ?

Dernière plaidoirie ?

Quatre ans après avoir été assignés, nous nous apprêtons à vivre notre deuxième plaidoirie. L'entrée au tribunal m'impressionne moins que la première fois. Je ne suis pas à l'aise pour autant, j'ai bien conscience que quelque chose de très important se joue ici. Je n'ai pas peur, je suis tendue. « On gagnera, assure Arnaud, c'est seulement une question de temps. » Je sais qu'il a raison, mais je suis triste et fatiguée de toujours devoir me justifier, de me battre de toutes mes forces pour établir cette vérité qui me crève les yeux et surtout le cœur. Mais ce n'est pas fini, notre avocat a bien compris quel genre de personne est mon père. J'espérais toujours qu'il renoncerait, mais la folie ne lâche pas les hommes qui ne se remettent pas en question. Alors je suis là, dans les couloirs du palais de justice, avec mon mari, pour protéger mes enfants. Est-ce que la justice sera assez clairvoyante pour ne pas les laisser entre les mains de ces monstres ?

J'aperçois mon père. Cette fois, il a son air de chien battu, ses yeux bleus d'une tristesse infinie semblent me supplier : Lucie, encore une fois, laisse-moi décider, arrête de résister, obéis à papa ! Je reste de marbre, je ne marche plus, je ne suis plus une gamine qu'on intimide.

Il a l'air de souffrir. Avant, quand il faisait ça, je tombais dans le panneau et je disais à Arnaud : « Tu vois, il est gentil en fait. » Et j'étais rassurée jusqu'à l'accès de violence suivant. Mais c'est vieux, tout ça, j'ai fini par couper les ponts pour cette raison.

Nous entrons dans le bureau du juge, Me Latour m'a gardé une chaise contre le mur, un peu à l'écart, loin de mes parents. Cette place ne me convient pas : je veux être en face du juge. Du coup, je me retrouve à côté de mon père, tant pis. Leur avocate ouvre le bal, elle s'attelle à décrire une famille « modèle » : « Ils vont en vacances à la mer, à la montagne, regardez leurs sourires sur les photos ! »

Le pire, c'est qu'on pourrait y croire ! Ça me glace le sang…

*

« Les vacances à la montagne », je voudrais bien lui dire, moi, au juge, en quoi elles consistaient. Pendant que l'avocate poursuit sa plaidoirie, les souvenirs défilent dans ma tête. Nous sommes allés deux ou trois fois au ski pendant mon enfance et mon adolescence. Je me rappelle très bien une de ces journées. Estelle, grâce à sa classe de neige en primaire, savait skier. Mon père avait appris les rudiments à Sylvain. Ma mère préférait rester avec Madeleine et Valentin et leur faisait descendre les pistes en luge. Mon père lui proposait de la remplacer auprès des deux plus jeunes, mais non, elle n'avait pas envie de skier, alors il repartait sur les pistes bleues avec Sylvain et Estelle. Pendant ce temps, j'étais cantonnée sur la plus facile des pistes vertes avec des enfants de quatre à six ans, tous accompagnés de leurs parents qui se donnaient toutes les peines du monde pour leur enseigner les bases du ski. Moi, j'étais seule avec mes quinze ans, ma salopette en velours vert vif et ma « fleur » qui autorisait dix remontées par le tire-fesses. Pas de lunettes de soleil, cela ne faisait pas partie de mon équipement. Mon père n'avait pas jugé bon de me payer un forfait car je ne savais pas skier. Il allait de soi que les autres en avaient un. Il m'avait dit : « Va t'amuser sur les pistes vertes avec ça ! » en me donnant la fleur avec ses dix pétales en carton à déchirer à chaque passage. Jamais ni ma mère ni lui n'ont eu l'idée de m'apprendre à descendre une piste. En fait, ils ne voulaient même pas m'emmener pendant ces journées. C'est moi qui insistais pour ne pas rester seule à la maison. Je ne voulais pas me sentir comme le déchet dont il faut se débarrasser. Je devais venir coûte que coûte, j'avais besoin de me battre pour exister, de montrer mon opposition, pour pouvoir supporter ces brimades et rester saine d'esprit. Les dix pétales de ma fleur consommés, je montais une partie de la piste, skis aux pieds, pour ensuite attraper une canne de tire-fesses manquée par un enfant. Mon père et Sylvain se sont moqués de moi quand ils ont compris ma combine. J'ai senti un profond mépris dans leurs paroles, avec un certain plaisir à me rabaisser car je ne quittais jamais la piste verte. À l'issue de cette journée, je me suis sentie très mal et sale, entourée d'une bulle nauséabonde, je n'avais plus envie de rien, une angoisse terrible me serrait le ventre. Je n'ai plus jamais voulu aller au ski avec eux, il valait mieux que je reste toute seule à la maison. C'était dégradant pour moi, mais moins que de les accompagner et d'être ignorée. Je ne faisais pas partie de la famille.

*

L'avocate de la partie adverse déborde d'énergie pour convaincre le juge qu'il se trouve face à des parents soucieux du bien-être de leurs enfants. Elle insiste sur ces nombreuses photos présentes dans leur dossier. Je pense à la fête des Mères avec ce moment obligatoire après la remise des cadeaux, tous alignés devant l'objectif, il faut sourire pour entretenir la mascarade. L'avocate n'en a pas fini avec le déballage des mensonges et de leurs sordides circonvolutions. Elle explique qu'ils ont fait tout ce qu'il fallait après avoir été mis au courant des viols : nous ne sommes plus allés chez les grands-parents maternels. Mes parents auraient voulu porter plainte, mais ils ont préféré renoncer sous la pression des frères de ma mère pour préserver la réputation de la famille ! Je me demande bien si la réputation de la famille et de leurs filles était vraiment leur priorité lorsqu'ils sont allés révéler cette histoire, « mon » histoire, à tout le monde ! L'avocate conclut en s'appuyant sur la théorie de mon père et de l'expert : le fait que je serais devenue un peu folle, que je ferais une énorme confusion, prenant mes parents pour des bourreaux à la place de mon grand-père. Ainsi, c'est sans raison valable que je ne voudrais plus les voir.

Dans cette petite salle, face au juge, j'entends une nouvelle fois cette horrible fable inventée par mes parents et je commence à me sentir mal. Je fais ce que je peux pour garder mon sang-froid, les larmes me montent aux yeux, je me raidis, je refoule tout ce qui vient en moi.

Enfin, Me Latour prend la parole, il va rectifier, je dirai la vérité aussi, le cauchemar va se terminer, je respire de nouveau, mais pour combien de temps ?

Me Latour commence sa plaidoirie avec ces mots :

– Ma cliente, c'est une rebelle…

Je m'inquiète aussitôt, on ne peut pas réduire ma vie à ce côté rebelle, la vérité est bien plus grave que ça !

– Elle s'est opposée à l'ordre établi.

Je reprends confiance car j'ai compris où il veut en venir.

– Cette famille que vous avez vue sur les photos n'a en fait rien d'une famille modèle ni même d'une famille comme les autres, absolument rien. Dans cette famille, la fille aînée ne mange pas à table avec les autres. Elle a une place, une seule : dans sa chambre. Sa mère ne veut pas la voir ailleurs. Ma cliente ne s'est pas laissé faire. Toute son enfance, elle a exprimé sa révolte, son opposition. Et aujourd'hui, elle ne veut pas que ses enfants soient dupés par leurs grands-parents maternels.

Pour cette deuxième plaidoirie, Me Latour est flamboyant. Indigné par le rapport de l'expert, il est plus que jamais déterminé à porter la vérité devant le juge. Il frappe du plat de la main sur le bureau à plusieurs reprises. Notre affaire le touche, il nous l'a clairement dit, le regard ému. On sent que cette fois doit être la dernière. Il faut arrêter la mascarade. Je commence à redouter le moment où je vais parler, la peur de ne pas réussir à faire comprendre mon vécu me tenaille.

Notre avocat évoque l'attestation d'Estelle, je commence à trembler. Je sais à quel point cela a été dur pour ma sœur de rédiger ce document ; d'affronter la triste réalité pour l'écrire. Il ne s'arrête pas là, il parle de l'état de santé d'Estelle, elle qui ne parvenait pas à quitter mes parents. Elle est restée au domicile familial plusieurs années après sa majorité, comme si elle attendait un changement, de l'amour, de la considération. Me Latour détaille son état physique et psychique. Depuis des années ma sœur va très mal. Elle a beaucoup, beaucoup maigri et ne veut plus sortir de sa chambre. J'ai envie de me boucher les oreilles, je culpabilise. Pourtant j'ai essayé, je l'ai appelée de nombreuses fois. Mais je me suis heurtée à un mur. Estelle semblait dévorée par la souffrance. Le malheur la rongeait de l'intérieur.

Je frémis en entendant l'avocat parler des séjours de ma sœur en hôpital psychiatrique. Il a fallu la sortir des griffes de mes parents chez qui elle dépérissait à vue d'œil.

Avant de terminer, Me Latour s'appuie sur l'attestation de ma belle-mère pour établir le caractère possessif de mon père. Je me souviens de la réaction de notre avocat lorsqu'il a pris connaissance de ce document. Il s'est étonné de la jalousie maladive de mon père. Aujourd'hui, devant le juge, Me Latour met en lumière le côté despotique de mon père, mon père qui s'est opposé à mon mariage, qui a exigé que je rentre à la maison, qui a voulu décider des gens que je devais voir ou pas…

Les plaidoiries terminées, le juge se tourne vers moi :

– Madame, si vous voulez vous exprimer, je vous écoute.

Je sais que je vais devoir faire court. Je résume à nouveau qu'ayant été mis au courant des viols, jamais mes parents ne sont venus m'en parler.

La suite est restée coincée dans ma gorge, ils ont imposé le silence sur ce sujet à la maison, jamais les mots « viol », « inceste » ou « pédophilie » n'ont été prononcés. Il a fallu rester seule, démolie de l'intérieur. Seule avec l'invisible.

Pour la deuxième fois devant un juge, je raconte que j'ai vécu dans ma chambre comme en avait décidé ma mère. À table, je n'étais pas tolérée, ni nulle part ailleurs. Quand nous nous rendions dans la famille ou chez des amis de mes parents, alors là, l'attitude de ma mère changeait : elle n'était plus désagréable avec moi, pas gentille, non, elle préférait m'ignorer. Les gens semblaient ne rien remarquer. Mais plus tard, une sœur de mon père me dira qu'elle avait vu que ma mère me traitait mal…

Ensuite, mon père prend la parole pour contredire tout ce que je viens d'énoncer. Les mensonges s'enchaînent jusqu'à ce que le juge l'arrête. Arnaud et ma mère ne sont pas invités à s'exprimer. L'audience est levée, c'est terminé. Chacun rentre chez soi. Encore deux mois à attendre avant le verdict.

Une belle-famille

Peu de temps après notre emménagement, Arnaud m'annonce une grande nouvelle : il va me présenter à sa famille ! Nous sommes invités à fêter Noël près de Paris, chez ses grands-parents paternels. Notre histoire suit son cours, le bonheur ne va pas s'envoler.

Seule ombre au tableau : les coups de fil réguliers de mon père. Arnaud m'explique que mon père se moque de savoir comment je vais, qu'il ne s'intéresse qu'à sa personne et me harcèle pour que j'aille dans son sens. Il s'est rendu compte que je commence à raconter mon enfance à mes amis, mes oncles et tantes, ma belle-famille, et ça le rend fou. Certains de ses frères et sœurs lui posent des questions, il se sent démasqué et voudrait que je revienne sur ce que j'ai mis au jour. Au fond il n'a jamais accepté mon départ de la maison, même s'il a laissé ma mère me forcer à m'en aller. Il veut que je rentre pour pouvoir me dicter ma conduite. Je suis sa fille, je dois continuer à lui obéir. Il voudrait aussi que je revienne le voir régulièrement, comme dans les familles « normales », pour prouver aux autres que tout va bien. Pour lui, l'émancipation n'existe pas. Pas pour Lucie. Ce voile n'entache qu'en partie notre bonheur, nous travaillons et rendons visite à nos amis aux quatre coins de la France avec la vieille voiture d'Arnaud.

En route pour Paris, l'excitation balaie les doutes. Je chasse le noir et regarde dehors, les maigres arbres ploient sous le vent, fins, mais solides. Ils résistent. Comme moi. Je m'assume financièrement, c'est ce qui compte. J'ai enfin les moyens de me payer des leçons de conduite !

Nous arrivons devant une grande maison bourgeoise dans la banlieue chic. Pas de poussière ici, mais des trottoirs, et des arbres enfermés derrière des murs. Devant la grille du portail, un frisson d'angoisse me traverse, une vague d'hésitation m'envahit. Arnaud se tourne vers moi, tout sourire. Confiante, je le suis et monte les marches du perron. En entrant, je découvre Constance et Charlotte, deux sœurs d'Arnaud qui discutent dans le petit salon. Elles cessent aussitôt leur conversation pour nous accueillir.

– Tu vas faire connaissance avec grand-mère, oh là là ! commence Constance en pouffant, C'est sérieux !

– Pour grand-mère, il n'y a pas de petit copain ou de petite copine, juste des fiancés, des futurs mariés, quoi ! continue Charlotte avec un sourire rempli de sous-entendus.

– Ah, voilà Lucie ! Arnaud, viens nous présenter ta fiancée ! s'exclame la grand-mère.

Rapidement, je fais la connaissance de mes beaux-parents, des yeux bleus un peu fuyants, des bribes de mots gentils, des hésitations, presque de la gêne. Tout le monde ici semble en retrait derrière la grand-mère. Dans un coin du salon, installé dans un fauteuil, le grand-père. Il n'aime pas le bruit ni l'agitation, m'informent les belles-sœurs, il ne faut pas le déranger.

Quelques semaines plus tard, Arnaud me demande en mariage. Pas de genou à terre, mais un grand sourire et des yeux pleins d'amour.

Quand je l'annonce à mon père au téléphone, il se met en colère :

– C'est hors de question !

Pas de motif clair, juste de la fureur. Il me raccroche au nez en guise d'au revoir.

– Aucun problème, on se passera de lui, déclare Arnaud.

Je veux me marier. Personne ne me mettra des bâtons dans les roues. Je ne laisserai personne entraver notre bonheur.

Mes beaux-parents ne saisissent pas la gravité de la situation ; ma belle-mère pense qu'autour d'un bon repas tout va s'arranger ! Je tente bien de lui faire comprendre qu'elle se trompe, mais rien n'y fait, ils veulent en avoir le cœur net et décident de se rendre chez mes parents. À leur retour, ils tiennent un tout autre discours.

– Finalement, on se débrouillera tout seuls, déclare ma belle-mère, dépitée.

C'est ce que nous allons faire. Reste le problème de l'argent, j'en ai besoin pour inviter ma famille. Une de mes tantes propose qu'au lieu du traditionnel cadeau aux mariés, les invités de mon côté apportent une contribution financière qui remboursera une partie des frais. Nous acceptons sans hésiter.

Les semaines suivantes, nous réfléchissons à l'organisation du mariage. Mon père commence à me harceler, il me téléphone de plus en plus souvent et devient très agressif. Il menace de faire un esclandre le jour de la cérémonie. N'ayant pas obtenu ce qu'il voulait, c'est-à-dire mon renoncement, il utilise l'intimidation pour parvenir à ses fins. Si, par le passé, ce système a fonctionné avec certains proches, cette fois, personne ne se laisse impressionner. Il ne trouve pas les soutiens qu'il escomptait, la majorité m'encourage dans mes préparatifs. D'autres m'assurent même qu'ils sauront canaliser mon père s'il devient violent le jour J.

Au fil des mois, de nombreux membres de ma famille me téléphonent pour me témoigner leur affection, je sens un élan de solidarité qui me fait chaud au cœur. Mon père change alors de tactique, il menace de boycotter mon mariage : cela impliquerait l'absence de mes sœurs, il sait la peine qu'il en résulterait pour moi. Malgré les paroles rassurantes de certains, j'ai du mal à faire descendre la tension nerveuse qui me serre l'estomac. Je devrais me réjouir, pourtant.

C'est le grand jour. Nous avons décidé de nous marier à la montagne, dans ce joli petit village qu'ont choisi les parents d'Arnaud pour leur résidence secondaire. L'excitation et la joie finissent par dissiper mes dernières angoisses. Je ne sais toujours pas si mes parents viendront, mais peu m'importe. Le temps est radieux, la journée s'annonce magnifique.

Pas de coiffeur pour moi, une de mes belles-sœurs le remplace, elle aime couper et coiffer les cheveux, maquiller aussi. Je préfère rester là, entourée de ma belle-famille, dans ce chalet sur les hauteurs, plutôt que de descendre au village. L'ambiance chaleureuse, fébrile parfois, les rires de mes quatre belles-sœurs transforment déjà ces moments privilégiés en souvenirs inoubliables.

Nous gagnons la place de la mairie. Mon cœur palpite à la vue de tout ce monde venu là pour nous. C'est déjà l'heure, le maire nous appelle.

Seuls quelques amis ou membres de la famille nous accompagnent. Vingt minutes plus tard, c'est réglé : nous voilà, Arnaud et moi, unis pour la vie ! L'église, maintenant. Contrairement à Arnaud, elle reste pour moi un passage obligé. Ma position vis-à-vis de la religion est venue se heurter à ma vision traditionnelle du mariage : l'entrée dans l'église avec une belle robe blanche, puis la traversée de la nef jusqu'au futur époux sont indispensables. Pourtant, je ne crois pas en Dieu, mais quelque chose reste encore accroché, la peur peut-être, un sentiment que je ne peux ignorer. Une célébration sans eucharistie est un bon compromis.

Je cherche mes parents, mes frères et sœurs, je ne sais toujours pas s'ils viendront. Une tante de mon mari a déjà rassemblé les huit enfants d'honneur, les gens commencent à entrer dans l'église. Soudain je les vois. Mon père, au bras de qui je vais marcher vers l'autel, s'approche de moi. Je ne réfléchis pas au sens de cette tradition, je l'applique, mais je crois au reste : le mariage en lui-même. Me voici donc assise à côté d'Arnaud, face au prêtre, nos deux familles réunies derrière nous. Tant que l'échange des consentements n'est pas passé, une angoisse terrible m'oppresse. Arnaud et moi avons préparé tous les détails de cette cérémonie, choisi avec minutie tous les textes pour qu'ils correspondent à notre vision de la vie. Aujourd'hui pourtant, ils glissent sur moi, sans consistance. Du vent, tous ces mots si importants se sont évanouis, sitôt prononcés, sans laisser de traces. Je reste accaparée par l'inquiétude jusqu'au dernier moment, je crains qu'Arnaud et moi ne puissions célébrer notre union.

Enfin, le moment tant attendu arrive. Je tremble. Tout se passe bien, sans accroc, sans heurt : nous échangeons nos consentements et les alliances. Ensuite, je n'écoute plus rien, cette fois l'euphorie m'a gagnée ! À la fin de la messe, beaucoup viennent nous complimenter sur le choix des textes. Le tourbillon reprend de plus belle avec mes cousins et cousines qui avancent vers moi, le visage radieux. C'est le début de multiples retrouvailles chaleureuses. Mon cœur explose de joie à la vue de tous ces gens venus de loin pour nous et si heureux d'être là ! Après toutes les tensions des derniers mois, après toutes ces années, enfin, je peux relâcher la pression et profiter de ce bonheur. Déjà, la place du village se vide, mes beaux-parents ont donné le départ, le vin d'honneur peut commencer. À quelques pas d'un ruisseau, au pied des montagnes, se dressent des tables bien garnies, chacun peut se restaurer et contempler le panorama. Arnaud et moi sommes accaparés par nos oncles, tantes, cousins, cousines, ça me fait du bien. Je découvre de nouvelles émotions : le plaisir de se sentir entourée de bienveillance, d'affection. Après avoir dit rapidement bonjour à mes parents juste avant l'entrée dans l'église, je ne les ai plus revus. J'ai traversé l'église au bras de mon père, mais nous n'avons pas échangé un regard, pas une parole, encore moins avec ma mère. Elle porte un tailleur noir, je ne l'avais jamais vue dans cette couleur. Je n'y pense pas sur le moment, mon esprit tout à ma joie. Après ces années d'isolement, coupée de tous, aujourd'hui je renais. Je découvre à quoi peut ressembler une famille. Le bonheur dans les yeux des gens de me savoir enfin heureuse, enfin libérée du joug paternel, me bouleverse.

La soirée se déroule dans une joyeuse ambiance, rythmée par les traditionnels sketches et chansons de nos amis respectifs. Les quatre sœurs d'Arnaud se font remarquer avec une chorégraphie suivie d'un numéro plein d'humour, elles captivent et amusent la salle. Lorsqu'elles viennent nous voir, les effusions qui s'ensuivent n'échappent pas à Madeleine et provoquent sa colère. Son emportement se mue en jalousie féroce, si bien qu'elle m'apostrophe violemment :

– Alors, tu t'es trouvé une nouvelle famille, hein, c'est ça ?

– Mais non, tu te trompes, Madeleine…

Elle tourne les talons sans attendre la suite, les yeux remplis de rage et de désespoir. Je n'ai pas pu, pas su aller la chercher pour la rassurer. Je suis en effet perdue et émerveillée face à ma belle-famille qui me paraît formidable et m'accueille avec chaleur. Mes frères et sœurs restent avec mes parents qui se comportent comme si nous étions des étrangers. Un fossé s'est creusé entre nous. Estelle me confiera plus tard qu'elle s'est sentie mal à l'aise toute la journée, elle avait l'impression de ne pas être à sa place. Elle me voyait au milieu d'inconnus : toute notre famille dont mes parents nous avaient éloignées. Je ne danse pas, je préfère discuter avec les uns et les autres que je connais si peu. Je me rends compte de ce que j'ai perdu durant toutes ces années, privée de contacts.

Je n'ai pas revu mes parents, ils ont quitté tôt leur auberge le dimanche matin. Ils sont partis sans me dire au revoir et n'ont pas fait d'esclandre. Bien plus tard, une amie me fera remarquer qu'ils ne m'ont pas fait de cadeau et n'ont pas participé aux frais… Je n'en attendais pas tant, l'idée ne m'avait même pas traversé l'esprit !

Rien ne peut gâcher notre bonheur.

*

Les mois qui suivent, Arnaud et moi continuons à profiter de notre vie à deux dans notre appartement. Nous sillonnons aussi la France pour rendre visite à nos amis, nos cousins. Les week-ends improvisés s'enchaînent, chez Benoît à Marseille, chez Patrice et Carole à Strasbourg, chez Chloé à Nice… Des enfants ? Pas tout de suite, j'ai vingt et un ans, je viens de découvrir la stabilité pour la première fois de ma vie. Pendant quelques années, je pense cet équilibre fragile et j'imagine que devenir parent le romprait. Alors j'attends, nous attendons le moment où j'aurai pris confiance. Le moment où j'aurai compris que nous devenons les parents que nous voulons être. Arnaud et moi discutons très souvent et longuement de la manière dont nous souhaitons élever nos futurs enfants. Puis je découvre le bonheur d'être mère. Les regards remplis de tendresse échangés avec Anna me transportent, ensuite vient son frère Théo et enfin Amandine. Je suis émue par tout cet amour pour mes enfants et par celui qu'ils m'offrent en retour…

À présent, je comprends encore moins l'attitude de ma mère envers moi.

Fin de partie

Deux mois après la seconde plaidoirie, je reçois un coup de téléphone de Me Latour. Il a tenu à m'appeler tout de suite après avoir reçu le jugement. Je tremble en entendant le son de sa voix.

– C'est terminé, vous avez gagné.

– Terminé ?

Je répète le mot, dubitative.

– Oui, le juge a pris sa décision : vos parents sont déboutés de leurs demandes. Vos enfants n'auront pas à rencontrer leurs grands-parents maternels. Le juge indique noir sur blanc dans son argumentation que ce n'est pas leur intérêt.

Alors c'est vrai. Ce cauchemar va enfin se terminer.

– Merci, merci pour tout.

– On a travaillé tous les trois, votre mari, vous et moi.

– Et c'est fini maintenant.

Quelques instants plus tard, je raccroche, sonnée. Soudain, un immense soulagement m'envahit. Mais pas seulement. Quelque chose vient parasiter ma joie, mon bonheur. Cette sensation désagréable que la victoire, ici, n'a rien de glorieux. J'ai certes gagné le droit d'empêcher mes parents de voir leurs petits-enfants. Le juge a décidé que de bonnes raisons motivaient cette décision. La constatation me glace le sang. Le fait qu'un magistrat le reconnaisse revêt une autre dimension. Le juge a compris l'horreur de mon enfance, l'horreur de la situation actuelle entre mes parents et moi : il parle de conflit qui ne cesse de s'exacerber avec les années. Comment pourrais-je sauter de joie devant pareil constat ? Cette atroce réalité. Oui, je suis soulagée, mais heureuse de la situation, non. Qui pourrait l'être ?

Je vais continuer à apprendre à vivre avec cette violence qui a dominé mon enfance, la peur tapie au fond de moi.

Beaucoup de gens me lancent sur un ton plein d'entrain :

– Vous allez vous faire un restau, sortir le champagne ?

À certains j'explique mon dilemme ; avec d'autres je renonce. Comment faire comprendre en trois mots ce que j'ai vécu et ce que j'endure encore ?

Arnaud et moi aurions pu lever notre verre à la victoire. Je n'ai pas eu le cœur à ça. Vivre en paix, avec cette quiétude que je n'ai jamais connue, c'est tout ce que je souhaite.

Quelques jours plus tard, je reçois le texte intégral du jugement : plusieurs pages récapitulent l'objet du litige, le contexte et la décision finale. L'argumentation est synthétique et complète. Le juge rappelle que l'ambiance délétère dans ma famille, tout comme le traumatisme engendré par le comportement de mes parents envers moi, constitue une réalité objective, balayant ainsi la pseudo-théorie de l'expert.

Me Latour attire notre attention sur le fait qu'il est peu fréquent qu'un magistrat rende un jugement aussi argumenté et circonstancié. Voilà une belle revanche face aux horreurs écrites par M. Truchet ! Les choses se remettent à leur place pour la première fois.

Quand j'ai revu ma psy, je lui ai dit que depuis la « victoire », je me sentais nager entre deux eaux…

– C'est normal, il va falloir apprendre à vivre autrement.

– Autrement que l'arme au poing ?

– C'est ça.

– Et bien sûr, il n'y a pas de recette ?

– Non. Vous ne pourrez jamais faire comme si rien n'était arrivé, mais on peut faire en sorte d'en atténuer la souffrance.

Il va falloir que je découvre comment me débarrasser de mes peurs, comment déposer mon bouclier. Comment y parvenir puisque je n'ai connu que cela ? Comment vivre autrement ?

Peu de temps après, nous voilà de nouveau dans le bureau de Me Latour. Toujours cette angoisse qui me serre l'estomac. Aujourd'hui, il est question de l'appel. Mes parents en ont le droit. L'avocat nous dit qu'il y a deux cas de figure. Le premier consiste à ne pas se manifester : mes parents peuvent alors faire appel n'importe quand, sans date butoir. Chaque jour, je pourrai trouver une lettre de l'huissier, et ce pendant un temps infini, jusqu'à ce que mes enfants deviennent adultes. Impensable. Inimaginable.

– C'est hors de question, l'angoisse de la boîte aux lettres, je ne supporterai pas.

– Je comprends, alors dans ce cas, la seconde option est de signifier par voie d'huissier la décision du juge. À partir de ce moment-là, vos parents disposent de deux mois pour faire appel.

– Eh bien, on va faire comme ça.

– Par contre, je préfère vous dire qu'ayant appris à connaître votre père, je sais que la visite de l'huissier va le mettre hors de lui. En réponse, il fera appel sur-le-champ. J'en suis persuadé.

– Sans aucun doute. Mais je ne peux pas faire autrement, la boîte aux lettres, je ne pourrai pas. Et puis s'il veut faire appel, tôt ou tard il le fera, huissier ou pas. Alors je préfère qu'on en finisse, j'ai encore la tête dedans, autant qu'on aille tout de suite jusqu'au bout !

– De toute façon, il ne lâchera pas, il est énervé d'avoir perdu et finira par faire appel, renchérit Arnaud.

– Alors j'envoie l'huissier chez eux, on est d'accord ?

J'échange un regard avec mon mari :

– Allez-y.

Ça recommence

Comme tous les jours sans école, j'ai emmené les enfants se promener. Le temps est radieux. La poussette dans une main et la petite main de Théo dans l'autre, Anna se tenant de l'autre côté, nous rentrons le cœur léger.

Une voiture blanche est stationnée devant notre maison. Un homme est en train de sonner. Je ne l'ai jamais vu auparavant.

– Madame Craulet ?

– Oui, c'est moi.

Je serre un peu plus fort la main de mon fils et vérifie qu'Anna se tient toujours près de moi. Amandine, dans la poussette, est en train de se réveiller.

– Je suis huissier de justice, j'ai un document à vous remettre.

Ça recommence. Ça ne finira donc jamais ?

– Vous devez signer là.

– Qu'est-ce que c'est, au juste ?

– Un recours en appel et les conclusions de vos parents suite au jugement.

Une liasse de feuilles agrafées à signer, un exemplaire pour lui et un autre pour moi. La voiture démarre. Le vent agite les feuilles dans mes mains, j'ai l'impression d'avoir du plomb dans les bras. Il faut rentrer, relever la tête, se redresser. Avancer. Toujours et encore.

– Maman, qu'est-ce qu'il voulait, le monsieur ? questionne Anna.

– C'est encore pour le procès.

– Je croyais que c'était fini.

– Moi aussi. C'est presque fini. Rentrons, c'est bientôt l'heure de manger.

– On va faire de la balançoire d'abord !

Anna et Théo s'élancent vers le portique.

La vie continue, les regards doux et joyeux de mes enfants estompent ce noir sournois.

C'est le corps qui parle

– Maman, pourquoi tu peux pas jouer par terre avec nous ? Pourquoi t'arrives pas bien à te baisser ? m'interroge mon fils Théo, sept ans.

Une boule me serre la gorge.

– Maman, pourquoi tu fais pas comme les autres ?

Maman ne peut pas plier, elle résiste encore. Maman n'a pas fini de se battre, elle ne peut pas relâcher la pression. Maman reste sur ses gardes, elle n'en a pas fini avec ses bourreaux. Avec le procès, la colère est revenue, froide et noire. Maman se tait et encaisse. Raide et crispée. Maman se bloque le dos. Maman redoute certains gestes de la vie quotidienne car ils lui font mal.

Mon fils n'aura pas de réponse aujourd'hui, comment lui dire qu'on m'a en partie brisée ? Chaque cellule de mon corps se souvient des violences qu'il a subies, infligées par le grand-père ou liées à l'isolement dans ma chambre. Dans chacun de mes mouvements, ô combien résonne le passé ! Mon corps ne peut danser, se baisser ou se plier sans ressentir la peur d'autrefois et se briser. Chaque jour, je travaille à ramasser les morceaux. Un par un. Je les replace quelque part pour faire tenir l'ensemble, pour trouver un équilibre. Pourrai-je l'expliquer un jour à mon fils ? Peut-être pourra-t-il le comprendre tout seul, petit à petit ? Romain, mon kiné depuis plus de dix ans, fait partie de ces quelques personnes précieuses qui m'aident à gérer mon quotidien.

Je sais bien d'où provient le mal. Il s'est enraciné autour de moi pendant l'enfance et j'ai résisté, je me suis arc-boutée de toutes mes forces, je me suis battue contre les titans. Et je me bats encore. Un de mes bourreaux est mort, les autres n'ont pas dit leur dernier mot, ils persistent malgré le temps qui passe.

En attendant, le corps, solidaire avec le mental, a repris les armes, est de nouveau entré en résistance. Les réflexes de l'enfance sont revenus, la révolte inonde mes veines et mon corps se raidit. Alors oui, je continue à aller voir Romain ; il n'a pas bien compris ce qui se passait chez moi au début. Il pensait que je ne pouvais pas faire certains exercices alors qu'il suffisait de masser, d'étirer, et c'était gagné. Et il m'encourageait à en faire d'autres qui me pétrifiaient, bloquant mes mouvements. J'ai pris confiance, j'ai réappris à me baisser sans craindre la rupture, j'ai pu bouger davantage. Je ne lui ai pas raconté ma vie, non, juste des bribes de mon enfance. Il ne m'a pas posé de questions, il s'occupe de rééduquer mon corps avec ce qu'il a devant les yeux. Je ne lui ai pas dit ce qui m'est arrivé, pourtant il sait où il doit m'emmener pour me permettre de faire les gestes de la vie quotidienne. Si les progrès s'avèrent immenses, la route est encore longue. Mon corps est devenu un étranger depuis cette période qu'on nomme l'« enfance ». Redonner à un corps étranger la place et la dignité qu'il mérite et qu'on lui a volées est loin d'être gagné. Alors, à tâtons, nous cherchons comment rendre à mon corps sa liberté.

Affaire classée ?

Nous voici de retour chez Me Latour. L'air grave, il me regarde dans les yeux.

– J'ai quelque chose à vous annoncer. J'ai reçu un courrier de la cour d'appel qui pourrait bien clôturer l'affaire plus vite que prévu.

Je commence à trembler. Mon dos devient raide. Que va-t-il encore se passer ?

La lecture terminée, Me Latour relève la tête et sourit. Il nous explique que l'huissier qui m'a remis l'assignation de l'appel a commis une erreur : il m'a donné et fait signer celle de mon mari et a oublié la mienne. Pour que l'appel soit valable, il faut que les deux parents soient assignés, chacun individuellement, comme ce fut le cas pour le procès.

– Alors, c'est fini ? questionne Arnaud.

– Je ne voudrais pas crier victoire trop vite, mais ça m'en a tout l'air. La partie adverse ayant oublié d'assigner Mme Craulet et le délai prévu pour l'appel étant dépassé, la demande n'est pas recevable.

Je commence à me détendre.

– Donc tout s'arrête maintenant ?

– Pas encore tout à fait. Votre père a déposé un recours exceptionnel auprès du président de la cour d'appel.

– Ça n'a pas de sens ! Les délais sont dépassés, c'est comme ça, tant pis pour eux !

– L'audience avec le président de la cour d'appel aura lieu mi-septembre.

Le soulagement aura été de courte durée. Voyant mon air affligé, l'avocat se veut rassurant :

– Ne vous inquiétez pas, votre père tente le tout pour le tout. En trente ans de carrière, je n'ai jamais eu le cas, c'est une procédure rare, utilisée pour les cas extrêmes. Avec votre dossier, on peut se permettre d'être confiants.

Je sais qu'il a raison, mais pourrai-je un jour m'ôter cette épine du pied ? Pourra-t-on, mon mari et moi, parler un jour d'« affaire classée » ?

Un mois plus tard, Me Latour me rappelle.

– Madame Craulet, j'ai sous les yeux le courrier de la cour d'appel concernant la décision suite à l'audience du mois de septembre.

J'écoute, les mots ne peuvent pas sortir.

– J'ai voulu vous appeler immédiatement. Tout est terminé.

– Comment ça ?

– Le juge a rejeté le recours exceptionnel de vos parents, il n'y aura pas d'appel, c'est enfin fini.

Le soulagement généré par cette bonne nouvelle me gagne. Je souris et j'ai envie de pleurer de joie après tout ce qu'il a fallu traverser.

– Merci, merci pour tout !

Après

Le printemps est arrivé. Trois ans ont passé. Des barquettes de fleurs multicolores sont posées dans l'herbe. Maintenant que j'ai l'esprit libéré, le quotidien reprend sa place. Depuis que j'ai rangé mon bouclier, le ciel se dégage, de nouveaux horizons apparaissent.

Anna, équipée d'une pioche, et Amandine, d'une petite pelle, plantent des primevères et des pensées dans notre jardin. Quelques jours plus tôt, j'ai eu une furieuse envie de fleurs, de couleurs, qui a gagné mes filles ! Sourire aux lèvres, Anna s'exclame :

– Maman, maman, viens voir comment j'ai mis les fleurs ! Dis-moi si c'est beau !

J'ai déjà regardé par la fenêtre, je n'ai pas pu m'en empêcher, mais je me tais. Je ne veux pas gâcher la joie de ma fille.

– C'est magnifique, Anna, j'aime beaucoup !

– Maman, moi aussi j'ai planté des fleurs, regarde ! s'écrie Amandine en me montrant deux primevères avec son petit doigt.

– Comme ça, maman, même quand il fera pas beau, il y aura toujours des belles couleurs dans le jardin ! s'enthousiasme Anna en contemplant son œuvre.

Je regarde mes filles, les pensées, les primevères, quelque chose de très doux m'envahit.

Le bonheur à l'état pur. Bouleversée, je regarde ce jardin coloré, je sens mes blessures cicatriser. Plus tard, Théo cultivera son potager. Arnaud sèmera des dahlias. Je voulais des grandes fleurs. Des dahlias géants à côté de la porte d'entrée, pour accueillir les gens, pour partager notre bonheur.

Déchirer le grand manteau noir

Aujourd'hui, les enfants mangent à la cantine. En rentrant de ma balade, j'ouvre la boîte aux lettres. Je prends les deux enveloppes, l'une m'est adressée, l'autre est pour mon mari. Rien d'inhabituel, un courrier de la banque que nous recevons en doublon pour nos comptes respectifs. Pourtant, je ne reconnais pas les habituelles enveloppes à fenêtre. J'observe de plus près et soudain je le vois. Le sceau de l'huissier. L'huissier de justice ! L'assignation. Le procès. Mon mari et moi devant les tribunaux. Non, ça ne peut pas recommencer, ce n'est pas possible ! C'est terminé. Définitivement terminé. Quelques jours après le coup de téléphone de Me Latour m'annonçant la victoire, nous étions retournés dans son bureau, il fallait régler les derniers honoraires. L'angoisse encore chevillée au corps, je lui avais posé la question qui me rongeait :

– Est-ce qu'ils peuvent de nouveau intenter un procès contre nous ?

– Non, pas pour le même motif.

À ces mots, j'avais ressenti un immense soulagement. Enfin le corps pouvait lâcher, des pieds à la tête. C'était fini pour de bon, le passé pouvait rester à sa place.

Nous avions échangé une poignée de main chaleureuse et, avec un grand sourire, Me Latour nous avait lancé :

– J'espère ne plus vous revoir !

Arnaud et moi lui avions rendu son sourire. Il nous avait raccompagnés jusqu'à la porte et une page s'était tournée.

Alors, que signifie ce courrier aujourd'hui ? Il faut en avoir le cœur net, dissiper ce malentendu.

Nous attendons dans la salle d'attente de Me Latour.

– Bonjour, monsieur et madame Craulet, je ne pensais pas vous revoir si tôt !

– Eh bien, nous non plus.

À son bureau, il entame la lecture de l'assignation que nous sommes allés chercher quelques jours auparavant. Mon estomac se noue par habitude. Pourtant, je ne crois pas à un nouveau procès, puisque techniquement c'est impossible !

Me Latour relève la tête, enlève ses lunettes, repousse les feuillets sur le côté de la table, nous regarde dans les yeux à tour de rôle, puis nous fait part de sa traduction du document barbare.

– C'est une nouvelle assignation pour un nouveau procès. Pour le même motif que l'autre fois : obtenir un droit de visite et d'hébergement des petits-enfants.

– Mais il y a trois ans, vous nous aviez assuré que ce ne serait pas possible, pas pour le même motif !

J'ai presque crié.

– Je sais, mais ils se servent de la phrase du juge mentionnant que compte tenu de la gravité du conflit et du jeune âge des enfants, ils ne doivent pas être en contact avec leurs grands-parents maternels. La partie adverse part du principe que les enfants ont grandi…

Je tente le tout pour le tout, je crois encore à une issue :

– Et si on ne fait rien ?

– Si vous ne vous défendez pas… alors là… La justice devra prendre sa décision sans écouter votre version !

Cette suite-là est inconcevable, je ne peux même pas la verbaliser à voix haute.

– Alors on va se battre !

– Ils ne peuvent pas gagner, conclut mon mari avec aplomb.

Il a certainement raison, mais vais-je devoir me battre toute ma vie contre mes parents ? Ceux qui m'ont donné la vie vont-ils s'acharner à la gâcher ? Pourquoi ? Je ne veux plus me poser ces questions aujourd'hui. Le chaos du passé doit rester derrière moi. On ne peut pas guérir de ses traumatismes quand, enfant, personne n'est venu dénoncer et encore moins condamner ses bourreaux. Quand, enfant, on a dû se bricoler un semblant d'équilibre pour tenir debout. Quand on a grandi sans affection et sans soutien, on arrive amputé à l'âge adulte. Amputé d'une des plus belles choses de la vie : la confiance. La confiance en les autres, la confiance en soi et enfin la confiance en un possible bonheur…

J'ai réussi à briser le cercle infernal, j'ai relevé la tête et j'ai construit une famille avec Arnaud. Une famille où règne l'amour. Une famille dans laquelle chacun puise sa force. Face au miracle de la vie qui renaît, je tremble à l'idée qu'on tente de me ravir tout ce que j'ai bâti.

La bataille continue : j'apprends peu à peu à déchirer le grand manteau noir pour le laisser tomber à mes pieds. Je sais qu'il se reconstitue vite et revient par moments m'enserrer. Il n'est jamais très loin, prêt à ensevelir l'enfant que j'étais, l'enfant qui refait surface, l'enfant qui attend réparation pour ce qu'on lui a volé et que personne ne pourra lui rendre. Enfance arrachée, enfance enfermée. Mais dorénavant, plus rien n'empêchera l'adulte que je suis de prendre la main de l'enfant que j'ai été pour, enfin, morceau par morceau, déchirer ce grand manteau noir de la peur jusqu'à ce qu'il devienne poussière…

Remerciements

Merci Maryse pour l'atelier d'écriture durant lequel tu m'as guidée pour commencer à transformer mon « récit en chantier » en un futur roman. Merci à Agnès, Gabrielle, Jocelyne et Babette qui m'ont donné de précieux conseils. Merci Eliane pour ta patience et tes nombreuses relectures... Merci Monique pour ton enthousiasme pour mon texte. Merci Eve pour ton honnêteté, tes suggestions et ta confiance.

Un immense merci à Lise, mon éditrice, qui a cru en moi et a permis que *Déchirer le grand manteau noir* rencontre les lecteurs.

Enfin, merci à mon mari pour son soutien indéfectible.

Table

Première partie
Rattrapée par le passé

Deuxième partie
Sortie du huis clos familial

Troisième partie
La justice s'exprime

Cet ouvrage a été mis en pages par

<pixellence>

N° d'édition : L.43EVAN000462.N001
Dépôt légal : août 2023
Achevé d'imprimer en mai 2023 en Espagne par Liberdúplex